KB020122

로크미디어가
유혹하는
재미있는 세상

ROK
MEDIA
로크미디어

신컨의 원 코인 클리어 7

2023년 7월 14일 초판 1쇄 인쇄
2023년 7월 19일 초판 1쇄 발행

지은이 아케레스
발행인 강준규

기획 이기헌 왕소현 임동관 박경무 강민구 조익현
책임편집 오영란
마케팅지원 이원선

발행처 (주)로크미디어
출판등록 2003년 3월 24일
주소 서울시 마포구 마포대로 45 일진빌딩 6층
Tel (02)3273-5135 **Fax** (02)3273-5134
홈페이지 rokmedia.com **E-mail** rokmedia@empas.com

ⓒ 아케레스, 2023

값 9,000원

ISBN 979-11-408-0743-7 (7권)
ISBN 979-11-408-0729-1 04810 (세트)

신컨의
원 코인
클리어

아케레스 퓨전 판타지 장편소설

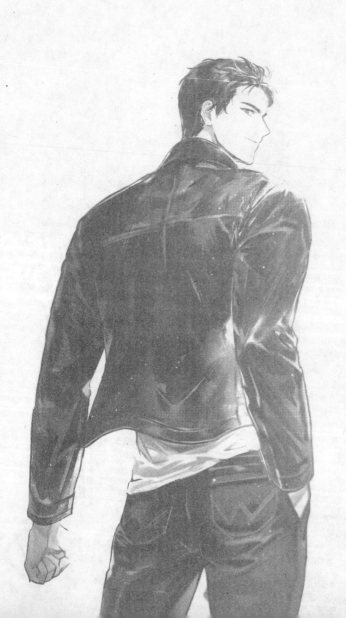

Contents

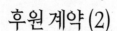

후원 계약 (2)

마음을 식혀 보려고 했지만 가슴 한구석에서 덜컥, 분이 올라왔다. 근래 들어서 겪은 일 중 가장 격하고, 가장 더러운 기분이었다.

단탈리안이 차원 미궁의 진실을 밝힌답시고 쇼 같은 진상을 떨어 댔을 때도 이렇게 기분이 나쁘진 않았다.

하지만 이게 플레이어의 현실이다.

지구를 저당 잡힌 인간의 현실.

플레이어는 마왕들의 물건이고, 노리개다.

서구 열강의 제국주의자들이 아프리카의 흑인을 '노예'로 수입했던 것처럼.

'역겹군.'

다행히도, 태양은 한국인이었다.

목숨을 바쳐 가며 나라를 독립시킨 투사들의 피를 이은 민족. 정말로 그 기운이 피에 이어져 있는지는 모르지만, 한 가지는 확실하게 안다.

어려서부터 역사로 배워 왔기 때문이다.

안중근, 안창호, 유관순과 같은 수십, 수백, 수천의 열사들이 목숨으로 남긴 가르침을.

포기하지 않으면, 목숨을 걸고 영혼을 불태우면, 뒤집지 못할 것은 없다.

태양이 눈을 번뜩였다.

마왕을 타도하겠다는 그 결심이 다시 한번 마음 깊이 박힌 이 순간, 그가 해야 할 일은 무엇일까.

안중근 의사처럼 폭력적인 방법을 동원해야 할까.

아니면 유관순 열사의 만세 운동처럼 비폭력적인 시위가 필요할까.

둘 다 아니다.

독립운동에도 방법은 여러 가지였다.

한국에서 의병들을 모집하고, 시위를 일으키고, 결사항전을 하는 투사도 있었다.

반면 만주로 넘어가 세계에 일본의 만행을 알리려 노력하는 투사도 있었다.

그리고 적진인 일본에 항복한 척, 귀화한 척, 붙어먹은 척하고 들어가 그 안에서 판을 뒤엎으려 최선을 다하던 투사도 있었다.

일본인에게 허리를 굽혔다고 해서 그 투사가 한 일의 가치가 없어지지는 않는다.

중요한 건 독립.

태양도 마찬가지다.

'이 굴욕은…… 잠깐이야.'

태양의 목표는 별림을 데리고 지구로 귀환하는 것.

차원 미궁을 클리어하는 것.

그러기 위해서는 마왕들의 장단에 놀아나 줘야 했다.

당장 혈기에 휘말려서 이 모든 일을 그르칠 순 없었다.

참는다.

이마에 솟은 핏대 하나로 모든 걸 감내한다.

으드득.

이 갈리는 소리와 함께 막이 올랐다.

대략 여덟 명의 마왕이 앉아 있었다.

71계위 마왕 단탈리안, 69계위 마왕, 데카바리아.

그 외 익숙한 얼굴들과 익숙하지 않은 얼굴들.

이들은 곧 자신들이 준비해 온 조건을 이야기하겠지.

태양은 그들이 말한 조건 중 최상의 것들을 고르고, 흥정하고, 때로는 억지까지도 부려 가며 최상의 조건을 얻어 낼 심산이었다.

어려운 일이겠지만, 미숙하게 어리바리하다가 호구당하지 않을 자신은 있었다.

킹 오브 피스트 선수 시절 당시에도 지겹도록 연봉 협상을 해 댔으니까.

하지만 상황은 태양의 예상대로 흘러가지 않았다.

마왕들이 인상을 찌푸리더니 하나둘 자리에서 일어나기 시작했기 때문이다.

"갑자기 이게 무슨?"

발람도 예상하지 못한 건지 당황한 얼굴로 중얼거렸다.

그 와중, 움직이지 않는 마왕이 있었다.

홀로만 싱글벙글 웃고 있는 마왕.

역시라고 해야 할까.

단탈리안이었다.

태양이 단탈리안을 노려보았다.

단탈리안이 무언가 일을 벌였다는 사실은 명약관화해 보였다.

─??

─무슨 개수작을 부린 거지.

─테러범 단탈리안과의 계약은 개 에바입니다.

─ㄹㅇ. 이제까지 밝혀진 바에 따르면 사실상 저 새끼 때문에 이 꼴 된 거 아님?

-단탈리안이랑 손잡으면 개 오바;

-단탈리안 쳐 내!

['고봉밥죄송합니다' 님이 100,000원을 후원하셨습니다!]

[단탈리안은 지구에 무단으로 침입하여 3억 인류의 목숨을 저당잡고 있는 인류 역사상 최악의 악당으로서, 윤태양 당신은 물론이고...]

-고봉밥이 밉지 않기는 처음이야...

-할 말은 한다. 고.카.콜.라.

미친 듯이 발광하는 채팅 창.

이해가 안 되는 건 아니다.

현재 인류에게 단탈리안은 한국의 역사로 치자면 이토 히로부미와 같은 느낌의, 사상 최악의 빌런이었으니까.

미국은 물론이고 세계 각국이 '진실' 스테이지 당시의 단탈리안을 이미지화해 악의 근원으로 내몰고 있는 것을 생각하면 더욱 더 그럴 수밖에 없다.

하지만 태양의 시각은 달랐다. 사실 태양에게는 단탈리안이 지구를 침략했다는 둥, 어쨌다는 둥의 이야기는 분명 심각한 이야기이기는 하지만, 뒷전이었다.

왜?

"시청자 친구들. 뭘 잘 모르는 것 같은데, 한 가지는 분명히 짚고 넘어가야 해."

태양이 시니컬한 얼굴로 중얼거렸다.

"마왕은 한 패거리를 이루고 활동하는, 말하자면 다 같은 족속이라는 걸 말이야."

에덴에 차원 미궁을 보급한 마왕, 파이몬.

창천에는 아몬.

지구에는 단탈리안.

단탈리안이 지구에 오지 않았으면, 지구가 평화로웠을까?

태양은 그렇게 생각하지 않았다.

마왕의 능력치에는 분명 편차가 있지만, 인간이 보기에 초월자라는 사실은 같다.

그리고 이 체재가 유지되고 있는 것을 봤을 때, 차이가 있다고는 해도 대동소이하다.

그 말인즉슨 다른 마왕이 지구에 왔을 수도 있다는 이야기.

그나마 플레이어에게 우호적인 입장을 견지하던 그레모리 같은 마왕이 존재하기는 하지만, 그녀를 인간의 편이라고 할 수 있을까?

솔직히 진실을 알려 준 건 고맙지만, 정말로 지금의 상태가 통탄스러웠다면 더 큰 액션을 취했어야 했다.

제아무리 동물을 사랑하는 동물 애호가라도, 강아지와 인간의 목숨을 두고 저울질하지는 못한다.

태양은 그레모리 역시 마찬가지로 봤다.

인간을 긍휼히 여기기는 하지만, 그뿐.

신편의
원 코스
클리어

본질은 마왕이다.

-네 말이 맞아. 마왕은 다 똑같은 존재지. 누구는 **괜찮은 마왕,** 누구는 **쓰레기 마왕 나눌 필요가 없어.**

태양이 고개를 끄덕였다.

색안경을 벗고, 조건만 본다.

당장 일곱 명의 마왕이 돌아가 버렸으니 당장 볼 수 있는 건 단탈리안 한 명뿐.

저번과 다른 조건을 준비해 왔을 테니, 그것부터 볼 생각이 었다.

물론 성에 안 차면 곧바로 반려하면 그만이다.

"아쉬운 점이 있다면 더 많은 선택지를 보고 싶었다는 건데."

"미안하게 되었군요."

발람이 태양에게 사과했다.

사과할 만도 했다.

'영혼 수련장' 스테이지 당시 꽤 많은 마왕과의 거래를 예고 했었는데, 작금은 단탈리안 하나만 남아 버렸다.

의도는 아니었지만, 발람의 말이 거짓이 되어 버렸다.

마왕의 체면이 말이 아니게 되어 버린 것이다.

반면 발람의 그런 마음을 아는지 모르는지 단탈리안은 히죽 히죽 웃는 얼굴로 태양을 바라보고 있었다.

"이거 일대일 면담이 되어 버렸군요."

능청스러운 목소리.

듣고 있자니 괜히 짜증이 치솟는다.

"뭔 개수작을 부렸기에 갑자기 저렇게 다 나가는 거야?"

"당신이 오기 전에 우리끼리 가볍게 카드를 깠거든요."

태양이 눈썹을 들썩였다.

―조건을 서로 이야기해 봤다는 거네.

"맞습니다."

갑작스러운 단탈리안의 대답에 현혜가 '히익―' 숨을 들이쉬
었다.

―또 듣고 있어?

"저만큼 지구에 관심이 있는 마왕은 없지요."

단탈리안이 다시 한번 입꼬리를 올렸다.

정말 어지간히 기분이 좋은 모양이었다.

"걱정하지 마십시오. 당신에게 나쁜 제안은 아닙니다. 언제
나 그래 왔듯 말이죠."

"무슨 개소리야. 나는 조건을 듣는 게 목적이었는데."

"결국 가장 좋은 조건으로 결정하려는 거 아니었습니까? 미
리 걸렀다고 생각하시면 됩니다. 제가 내건 조건이 말도 안 되
게 좋아서 지레 포기한 거거든요."

당연한 이야기지만, 공급을 없애 놓고 자기가 제일 좋은 공
급처라고 우기는 단탈리안이 곱게 보일 리 없었다.

태양의 부정적인 반응에도 단탈리안은 가볍게 어깨를 으쓱
였다.

"일단 조건을 들어 보시죠."

"그래, 지껄여 봐."

태양의 반복되는 거친 언사에 발람이 단탈리안을 바라봤다.

마왕이 일개 플레이어에게 이런 말을 듣고 참아 넘긴다는 게 특이하게 보였기 때문이다.

하지만 단탈리안의 표정에는 미동도 없었다.

"제가 생각을 좀 해 봤습니다. 당신이 차원 미궁을 올라가면서 겪게 될 가장 큰 걸림돌이 뭘까?"

여덟 명.

72마왕 중 무려 9분의 1이 참석할 만큼 태양의 기량은 완벽하게 입증됐다.

"단순한 전력의 증가는 필요 없다고 생각했습니다. 미궁을 올라가면서 자연스럽게 이루어질 예정이니까요."

일반적인 전력 증가 요소를 던져 주는 건 다른 마왕도 할 수 있다.

상대적으로 경쟁력이 떨어진다는 이야기다.

그렇기에 단탈리안은 태양에게는 웬만한 플레이어는 가지지 못한 특별한 무언가를 고민했다.

"그래서 준비했습니다."

자신만만한 단탈리안의 얼굴.

그의 어깨 위에 둥둥 떠 있던 마법서가 펼쳐지기 시작했다.

파라라라라라라락.

뭉텅이로 찢어지는 페이지.

이윽고 그것들이 태양 주변으로 날아왔다.

"제 신성입니다."

"신성?"

"신성이라고요!"

알아듣지 못한 태양 대신 발람이 놀라서 기함을 했다.

단탈리안이 눈짓으로 발람을 진정시키며 말을 이었다.

"물론 제 신성의 전부는 아닙니다. 일부분이죠."

"알아듣게 설명을 먼저 해 줘. 이게 뭔데? 뭐가 좋은데?"

"제가 생각하기에 당신에게 가장 걸림돌이 될 만한 존재는 위에 있는 다른 마왕의 계약자들입니다. 그들에게 대항할 때, 가장 효과적인 무기가 바로 이 신성이죠."

태양만큼의 임팩트를 보여 주지는 못했지만, 초월자의 싹이 보이는 플레이어는 있었다.

애초에 마왕이 후원을 결정한다는 건.

다른 말로 자신의 권능 일부를 떼어 줄 생각을 한다는 건 그런 의미였다.

즉, 재능의 측면으로 봤을 때도 만만치 않은 플레이어가 태양보다 먼저 업적을 쌓기 시작했다는 이야기다.

"신성을 받아들이면 당신의 영혼에도 초월자로서의 '격'이라는 것이 생겨납니다."

"격?"

신랑의
원코인
클리어

"음. 쉽게 말하자면, 이거 하나로 다른 플레이어들이 행사하는 마왕의 '권능'에 저항력이 생긴다는 이야기입니다."

안드라스의 후원을 받는 위치스 클랜장 미네르바.

그녀가 '파멸의 빛' 권능을 행사하면, 그 어떤 플레이어도 대항하지 못했다.

피격당하는 순간 말 그대로 파멸.

게임 용어로 치자면 '방어 불가' 기술인 것이다.

이 권능에 대항해 살아남을 방법은 두 가지였다.

공격을 완벽하게 회피할 것.

혹은 후원을 받은 또 다른 플레이어가 되는 것.

일반적인 플레이어가 파멸의 빛에 노출됐을 때, 아무 저항도 하지 못하고 죽는 건, 파멸의 빛 자체의 성능이 강해서인 것도 있지만, 힘의 격이 피격당한 플레이어의 영혼의 격에 비해 말도 안 되게 높기 때문이다.

"후원을 받은 또 다른 플레이어가 되면 뭐가 또 달라?"

"영혼에 후원받은 권능을 지니고 있다면 그것만으로 영혼의 격이 올라갑니다."

맞으면 피해를 입기는 하지만, 영혼의 격이 낮은 플레이어들이 그랬던 것처럼 대항도 하지 못하고 쓸려 나가지는 않는다.

말하자면 권능에 저항력이 생긴다는 이야기.

-RPG 게임으로 치자면 보스 몬스터 판정 같은 거네? 상태 이상 잘 안 걸리고, 데미지 적게 받고, 저항력 높고.

"맞습니다."

태양이 물었다.

"네 말에 따르면, 그건 그냥 다른 권능만 얻어도 격은 자연스럽게 따라온다는 거 아니야?"

"맞습니다. 하지만 그렇게 자연스럽게 따라온 격과 제가 당신에게 떼어 드린 격이 같을까요?"

얼떨결에 격상되었다고는 하지만, 그래 봐야 플레이어의 격이다.

단탈리안이 제 신성을 떼어 준다고 해서 태양의 신성이 바로 마왕급으로 격상되지는 않겠지만, 그 격은 다른 플레이어와 비교가 불가능해진다.

말하자면 보스 몬스터 중에서도 보스 몬스터가 되는 거다.

"물론 일반적인 경우라면, 그냥 파멸의 빛과 같이 권능 일부를 승계받는 것이 더 효율적인 선택이겠지요. 영혼의 격만 높으면 뭐 합니까. 휘두를 칼이 없는데."

"하지만 나는 다르지."

태양이 고개를 끄덕였다.

그에 단탈리안이 입술을 비틀어 올렸다.

"맞습니다. 당신은 다르죠. 자력으로 발락의 권능을 챙겨 버렸으니까요."

이 상황에서 태양이 단탈리안의 신성을 받으면 일반 플레이어와 후원받은 플레이어 상하 관계가 생긴 것처럼 후원받은 플

신전의
원코인
클리어

레이어와 태양 사이에도 상하 관계가 생긴다.

"물론 이 상하 관계는 절대적이지 않습니다. 실제 고층의 전선을 관찰하면 후원을 받은 플레이어가 그렇지 않은 플레이어에게 지고, 심지어 죽는 경우도 심심치 않게 일어나니까요. 어떻습니까? 이게 제 조건입니다."

덧붙이는 단탈리안의 말에 태양 고민에 빠졌다.

단탈리안이 신성의 좋은 점을 말해 주긴 했고, 확실히 쓸모가 있다는 건 알겠다.

그런데 이게 다른 권능과 비교했을 때 그렇게 확연히 좋을까?

다른 마왕들이 나를 설득하려는 시도조차 안 해 보고 돌아갈 정도의 이야기일까?

그때였다.

"여기까지가, 대외적으로 할 수 있는 이야기고."

딱.

태양과 단탈리안을 감싸는 커다란 적색 구가 생겨났다.

동시에, 방송이 끊어졌다.

초월자의 수준에서 이루어지는 정보 차단 마법, 적색 구에서 태양과 단탈리안은 약 30분 동안 이야기를 나눴다.

30분.

짧다면 짧지만, 두 인격 사이에서 깊은 대화가 이루어지기엔 충분히 긴 시간이다.

후웅.

이윽고 구가 해제됐다.

태양은 담담한 표정이었고, 단탈리안은 예의 감정을 알 수 없는 포커페이스였다.

"단탈리안, 이 무례는 그냥 넘어갈 수가 없군요."

"무례라니요? 발람, 당신은 이 정도 프라이버시를 존중해 줄 아량도 없습니까?"

"오히려 제가 묻고 싶군요. 제가 당신의 프라이버시를 존중하지 않을 거라고 생각했습니까? 그렇다면 이 스테이지에 나오지 말았어야지요! 이 스테이지의 주인은 접니다! 제 스테이지에서 저를 배격하고 일을 진행하다니. 이건……."

발람이 답지 않게 흥분된 목소리로 단탈리안을 몰아붙였지만, 단탈리안은 웃어넘겼다.

'발람은 말이 통하는 친구야. 당장 화가 났지만, 나를 이해해 줄 정도의 이성을 가졌지.'

후우욱.

단탈리안이 슬쩍 몸을 떨었다.

등 어림에서 짜릿한 통증이 올라왔기 때문이다.

지구에서 영향력을 사용한 리바운드였다.

하지만 필요한 일이었다.

지구를 통해 정보가 새어 나갈 수도 있으므로.

단탈리안이 태양을 바라봤다.

단탈리안은 모든 마왕이 그렇듯이 장점도, 단점도 많은 존재였다.

단탈리안의 가장 큰 장점이라고 하면 무엇일까.

그는 감정에 굉장히 예민했다.

태생적인 기질이었다.

내 속내는 들키지 않고, 상대의 속내를 읽어 내는 기술.

본질을 꿰뚫어 내는 직관.

단탈리안은 사회화 과정을 거치지 않은 아주 어린 시절에서부터 이 기술을 본능적으로 알고, 사용했다.

그런 단탈리안이 보기에 태양은 어떤 존재인가.

지금은 어떤 상태인가.

단탈리안의 '대외적인' 제안을 듣고 나서 태양은 명백히 단탈리안을 의심했다.

단탈리안은 분명 합리적인 제안을 했지만, 그 이면에 숨겨진 무언가가 있다는 것을 본능적으로 캐치했기 때문이다.

맹수는 그 본능 덕분에 실제로 지능 이상의 일도 종종 벌이곤 한다.

'운이 좋아, 정말로 운이 좋아.'

이런 종류의 맹수는 속여 넘길 수 없다.

아무리 설득력 있는 말을 지어내도 이미 직관의 영역에서 이를 배척하기 때문이다.

하지만 단탈리안이 원하는 것은 태양이 원하는 것과 그 궤를

같이했다.

그러므로 단탈리안은 태양을 도움으로써 자신의 목표를 쟁취할 수 있었다.

후웅.

별다른 인사 없이, 태양은 쉼터로 넘어갔다.

"크크크."

"단탈리안? 지금 웃는 겁니까? 당신, 사안을 너무 우습게 보는 거 같은데, 당신이 내건 조건도 그렇고. 지금 너무 멀리 가는 겁니다."

"크큭. 제가 멀리 간다고요?"

"아무리 일부라지만 신성을 넘겼다는 거, 바알이나 다른 마왕한테 알려지면 정말로 돌이킬 수 없어질지도 모릅니다."

"의도가 의심된다는 말입니까? 크하핫!"

웃음이 단탈리안의 폐부를 뒤집고 나왔다.

참을 수 없었다.

태양이 탑에 올라가서 벌일 일들이 벌써 눈에 선했다.

단탈리안이 눈가를 매만지며 말을 이었다.

"발람. 그래 봤자 인간입니다. 그가 벽을 깨고 나오면, 이미 그 자체로 초월자가 되어 버린 거고요. 인간. 모르십니까? 자신이 피식자인 줄 모르는 피식자란 말입니다. 제가 신성을 넘겼다고 해서 당신이 걱정하는 일은 벌어지지 않습니다."

[8-3 마왕과의 계약: 마왕에게서 후원을 받아라. – Pass]

[획득 업적: 여덟 마왕의 관심(x8), 단탈리안의 후원, 신성(神聖) 획득.]

[영혼 수련장의 8단계를 클리어했다는 소식은 이 플레이어의 명성에 약간 보탬이 되는 수준에 머물렀습니다. 하지만 8단계 테스트를 클리어했다는 사실 하나로는 이 플레이어의 가능성을 온전하게 표현할 수 없습니다. 플레이어 윤태양의 성장에는 아직도 제동이 걸리지 않았으며, 영혼 수련장에서도 그의 깊이를 온전히 측량해 내지 않았습니다. 장담컨대, 24층에서 그와 후원을 할 기회를 놓친 마왕들은 두고두고 후회할 것입니다. 마지막으로, 플레이어 윤태양과 계약한 단탈리안에게 축하의 박수를 보냅니다.]

[획득 업적: 발람 공인 S등급]

[추가 보상: 100골드]

스테이지 클리어를 통해 받은 업적 10개와 층 졸업을 통해 받은 업적 1개.

도합 11개의 업적이 태양의 몸을 실시간으로 강화했다.

태양이 제 몸을 내려다보았다.

무감각했다. 처음 느꼈던 그 감각과는 하늘과 땅 차이 수준으로 뒤바뀌어 버렸다.

이미 너무 많은 업적을 얻어서 그런 것이 아니었다.

잦은 반복 때문도 아니었다.

단탈리안의 계약을 받아들이고 신성을 얻었을 때.

신성을 받아들이는 과정에서 느낀 감각 때문에 역치가 너무 높아져 버렸다.

그때 현혜가 나지막한 목소리로 물어왔다.

－태양아.

"응?"

－계약했어?

태양이 잠시 대답을 유보했다.

"……했지."

현혜의 의견을 묻지 않은 명백히 독단적인 결정.

－조건은?

현혜는 그동안 태양에게 선택권을 맡겼지만, 항상 조언하는 위치였다.

이번에는 그렇지 않았다.

"미안. 사정이 있어. 나중에…… 설명해 줄게."

현혜는 더 묻지 않았다.

꽃

단탈리안이 말했다.

"신성. 플레이어들 사이의 전투에서 이득을 보는 게 다가 아닙니다."

"다른 사용처가 있다는 이야기인가?"

단탈리안이 고개를 끄덕였다.

"억지로 끌어올려진 영혼의 격은 마왕에게도 닿습니다."

간결한 어투.

담담한 어조.

일순간 태양의 눈동자가 흔들렸다.

담백한 말 한마디가 태양의 심중을 깊숙이 꿰뚫었다.

단탈리안은 명백히, 태양의 목적을 알고 있었다.

그리고.

"저도 같은 걸 원하거든요."

단탈리안의 눈이 초승달처럼 휘었다.

애초에 다른 마왕들이 눈여겨보지 않는 지구 출신의 플레이어 태양에게 처음부터 집착했던 이유는 그것이었다.

"결국 당신도 나와 같은 것을 원하게 될 줄 알았습니다."

태양이 압도적인 재능을 가지고 있는 동시에, 마왕에게 대적할 마음가짐까지 가질 수 있는 존재라는 걸 알아보았기 때문에.

"아쉽습니다. 발락과의 대전에서, 당신이 신성을 가지고 있었다면 이야기가 달라질 수도 있었거든요."

태양이 내려쳤던 라이트 세이버에 신성의 격이 담겨 있었다면, 발락이 일순간 풀어낸 리밋도 뚫고 그 존재를 베어 내는 데 성공했을지도 모른다.

마왕이 스스로 플레이어의 스펙에 맞춰 주고 동일선상에서 전투를 벌여 주는 건 그만큼 말도 안 되는 이야기였다.

"물론 그런 조건은 다시 만들 수 없을 겁니다. 심지어 이번 스테이지에서 제가 당신에게 신성을 넘겼다는 이야기가 돌 테니 더더욱요. 하지만 기회는 있습니다."

차원 미궁은 결국 마왕이 운영하는 시스템이다.

층주는 끝없이 만나고, 36층 이후에는 마왕이 직접 전투에 가담하기도 한다.

한 명만 죽여도.

아니, 상처만 입혀도 판은 급격하게 흔들리겠지.

"신성이 마왕을 죽일 수 있는 무기라면서. 내가 나타나면 오히려 모습을 드러내지 않을 텐데."

"아니요. 오히려 더 드러낼 겁니다."

단탈리안이 본인의 것을 쪼개 준 신성은 그만한 가치가 있다.

애초에 신성이란, 존재의 일부인 것이다.

다른 마왕들이 단탈리안의 카드를 들고 물러간 이유.

단탈리안이 자신의 존재를 쪼개 주겠다고 선언했기 때문이다.

"제가 당신에게 준 신성은 마왕이라도 욕심을 낼만 한 것입니다. 어떤 마왕은 자신의 후원자에게 그 사실을 일러 당신을 죽이고 신성을 취하게 만들 수도 있겠지요."

태양이 물었다.

"당신이 원하는 게 뭐기에 그렇게까지 하는 거야? 존재를 쪼개 가면서까지?"

단탈리안은 망설임 없이 대답했다.

"전복입니다."

"전복?"

"모두 뒤집는 겁니다. 마왕 사이의 체제, 친목, 너무 오래 지속된 평화. 초월자라는 이름으로 아무렇지 않게 즐기고 있는 권태를."

태양이 단탈리안을 바라봤다.

단탈리안의 눈동자에서는 말로 표현하기 힘든 불길이 치솟아 오르고 있었다.

야망이라고 해야 할까, 욕망이라고 해야 할까.

확실한 건 단탈리안 특유의 포커페이스를 뚫고 나올 정도로 엄청나게 강력한 감정이라는 것.

'믿을 수 있을까.'

태양은 잠시 고민했다.

그리고 결정했다.

단탈리안의 손을 잡기로.

당연히, 이 모든 것은 아무에게도 밝힐 수 없었다.

태양이 통합 쉼터에 돌아오고 나서 가장 처음으로 한 일은 살로몬에게 '진실' 스테이지에서 일어난 일들을 설명해 주는 것이었다.

더불어 자신이 '지구' 출신의 플레이어이고 그 스테이지가 자신에게 어떤 의미인지까지.

그다음으로 한 일은 저번에 불꽃 클랜의 클랜원들이 구해 놨던 카드를 추가로 장비하는 것이었다.

본래 영혼 수련장에서 슬롯이 하나 더 생긴다는 것을 알았기 때문에 예비해 둔 카드가 있었지만, 스톰브링어의 카드화까지 예상할 수는 없는 노릇이었다.

슬롯이 하나만 남았다면 당장 부족한 시너지를 채우는 쪽으로 기울기에 고민의 여지가 많지 않지만, 2개 이상으로 생기면 새로운 시너지를 노릴 수도 있기 때문에 새로 고민이 필요했다.

"저번에 워낙 철저하게 맞춰 놨던 탓에 나머지 시너지는 다 완벽하고, 남는 거는 지력 시너지 하나밖에 없긴 하잖아. 아, 이거 머리 아프네."

지력 시너지.

마법 공격력에 관여하는 시너지다.

차원 미궁에서 마법 공격력이란, 마나로 일으키는 파괴 행위에 들어가는 보정을 일컬었다.

신련의
원코인
클리어

-스킬에 추가 데미지가 들어가는 걸로 알고 있어. 스킬화도 적용되고. 네 무공도 스킬화했으니까 적용이 되긴 할 거야.

　지력 시너지에 관해 이야기를 나누는 건, 남은 카드의 조합 때문이었다.

　지력을 4시너지까지 챙길 것인가.

　지력을 포기하고 무투가 시너지 3개를 챙길 것인가.

　-무투가 +3이랑 지력 +3이면 레어 카드 2개 있으면 구하는 거 아닌가? 못 구함?

　-돈 없어서 못 구하는 거임.

　-왜 돈이 없음. 불꽃이 구해 주면 되는데.

　-ㅋㅋㅋㅋ 불꽃 돈 통행.

　-저번에 돈 다 쓰고, 끌어모은 카드 아직 처분도 안 해서 그럼. 윤태양이 카드 슬롯 빌 거 아니까.

　근력이나 민첩 같은 시너지를 챙길 수도 있었지만, 그 선택은 기각됐다.

　태양과 현혜는 차라리 새로운 시너지를 얻는 것이 이득이라고 생각했기 때문이다.

　4시너지에서 6시너지로 가는 것은 큰 차이가 있지만, 6시너지에서 8시너지로 가는 것에는 상대적으로 성장 폭이 둔하다는 게 정론이었다.

"지력이냐, 무투가냐. 이거 운룡이 있었으면 물어보는 건데."

차원 미궁에 상주하던 운룡은 태양과의 클랜전 이후 다시 미궁을 오르기 시작했다.

벌써 27층 찍고 또 들어갔다나.

아쉬운 대로 천문 산하 미르바 클랜의 플레이어, 고영을 붙잡고 물어보려 했으나, 그는 아직 쉼터로 복귀하지 않았다.

길어지던 고민은 갑자기 들어온 클랜장, 유리 막시모프가 해결해 줬다.

"지력."

"예?"

"창천 출신 플레이어들은 무조건 지력부터 챙겨. 권법이랑 각법 쓰는 플레이어들도."

차원 미궁 최전선을 달리고 있는 플레이어의 조언이다.

심지어 같은 편이기까지.

믿지 않을 이유가 없다.

피칠갑 팔찌(R): 무투가 +1, 민첩 +1, 지력 +1

역근경 목걸이(R): 무투가 +1, 지력 +2

[시너지]

근력(2/4/6) − 힘 보정/힘 추가 보정/공격 시 잃은 체력 비례 추가 데미지 보정

맷집(2/4) − 체력, 물리 방어력 보정/체력, 물리 방어력 보정

민첩(2/4/6) – 민첩 보정/민첩 추가 보정/기척 차단 보정

신성(2/4/6) – 모든 공격에 20% 추가 피해/모든 공격에 20% 추가 피해/모든 공격에 40% 추가 피해, 대천사 강림

영웅(3) – 적 스탯 총합이 플레이어의 스탯 총합보다 높을 때 플레이어는 모든 스탯 50% 증가

지력(2/4) – 마법 공격력 보정/마법 공격력 추가 보정

흡혈(2) – 준 피해에 비례해 체력 회복

–바뀐 건 지력 시너지가 생겼다는 정도네.

"아, 무투가 시너지 1개가 아쉽다."

–그러게. 불꽃 사람들한테…… 처분하면서 구할 수 있으면 구해 보라고 말해 보자.

세팅을 마친 태양이 고개를 들어 무표정한 소녀, 유리 막시모프를 바라봤다.

"감사합니다."

"뭘, 같은 편이잖아."

조용조용한 음성에 인간미가 섞여 있었다.

"근데 클랜장님, 무슨 일로?"

원래 코빼기도 안 비치던 분이.

그녀가 가볍게 고개를 흔들었다.

"클랜전."

샥스의 층

유리 막시모프는 태양을 영입한 시점부터 이번 클랜전을 기회로 붙잡을 생각이었다.

태양 일행이 25층 이하 클랜전에서 가장 강력한 24층을 클리어한 시점에 15~20층 부문 클랜전과 20~25층 부문 클랜전을 개인전, 팀전 할 것 없이 싹 쓸어버리고, 유리 막시모프가 25~30, 30층 이상 부문 클랜 개인전을 싹 쓸어버리면 클랜 포인트를 엄청나게 모을 수 있기 때문이다.

이야기를 듣던 란이 물었다.

"그럼 그동안은 고층 부문 클랜전만으로 A등급을 유지하신 건가요?"

유리 막시모프가 고개를 끄덕거리며 말을 이었다.

"지금 최상층에서 아그리파가 바빠. 이번 클랜전에는 못 나올 거야."

─창천 장문인인 허공은 클랜전에 모습을 드러내지 않은 지 오래됐잖아. 그럼 사실상 최상층 S등급 플레이어는 유리뿐이니까…….

등급이 무력을 대변하지는 않는다.

하지만 비례는 한다.

좋은 성적을 기대할 수 있다는 이야기다.

태양이 물었다.

"잘하면 S등급 격상도 노려볼 수 있는 겁니까?"

"그쪽 성적이 좋고, 나도 25~30층에서 성적이 좋게 나오면 그럴 것 같아."

살로몬이 고개를 갸웃거렸다.

"어차피 저희가 미궁을 계속 올라가면 다시 20층대 클랜전에 참여할 플레이어가 없어지지 않습니까? 그럼 등급 유지가 가능합니까?"

"아, 그건 괜찮을 거야. 격상이 힘들지 유지는 상대적으로 쉬운 편이니까. 그렇죠, 클랜장님?"

유리 막시모프가 다시 한번 고개를 끄덕였다.

클랜의 S등급 격상은 태양으로서도 반가운 이야기였다.

클랜이 격상될 때 해당 클랜에 소속되어 있으면 소소하지만 업적을 얻을 수 있기 때문이다.

유리 막시모프가 태양을 보며 머뭇거리다가 말을 이었다.

"……그리고 반말해도 돼."

"예?"

"말. 편하게 해도 된다고. 같은 편이잖아."

말을 마친 유리 막시모프가 자리에서 일어났다.

－ㅋㅋㅋㅋ 윤태양 캐릭터 와꾸 보고 많이 불편했나 보네.

－척 보기에도 아저씬데 자꾸 존댓말 쓰니까 불편하기도 했겠지.

－ㄹㅇㅋㅋ.

－윤태양 자기 얼굴이었으면 오열하는 거 볼 수 있었는데 ㄲㅂ.

결론부터 말하자면, 클랜전 성적은 말 그대로 압도적이었다.

[플레이어 윤태양(S+)이 결투에서 승리했습니다.]

[제2 모집군 클랜전이 종료되었습니다.]

[우승자(플레이어 윤태양)에게 3,000CP가 지급됩니다.]

[준우승자(플레이어 란)에게 2,000CP가 지급됩니다.]

[4강 진출자(플레이어 살로몬, 플레이어 명운)에게 1,000CP가 지급됩니다.]

……

20~25층 부문 클랜전은 태양과 란, 살로몬과 메시아가 각각 우승, 준우승, 4강, 8강에 오르는 기염을 토했다.

메시아가 8강에서 떨어진 이유는 불행하게도 8강에서 태양을 만났기 때문이었다.

"미안. 근데 져 줄 수는 없잖아."

"……위로를 하든가 놀리든가 한 가지만 해라."

[플레이어 윤태양(S+)이 결투에서 승리했습니다.]

[제1 모집군 클랜전이 종료되었습니다.]

[우승자(플레이어 윤태양)에게 3,000CP가 지급됩니다.]

[준우승자(플레이어 메시아)에게 2,000CP가 지급됩니다.]

[4강 진출자(플레이어 살로몬, 플레이어 아라민)에게 1,000CP가 지급됩니다.]

…….

15~20층 부문 클랜전은 태양이 우승을 차지하고 메시아가 준우승, 살로몬이 4강을 차지했다.

이번에는 란이 8강에서 떨어졌는데 역시 태양을 만난 탓이었다.

살로몬 역시 4강에서 태양을 만나 떨어지긴 했지만, 8강에서 떨어지는 모멸감을 느끼지 않아도 되었다.

"짜증 나. 이건 클랜전이 아니라 그냥 윤태양 피하기잖아!"

"어쩌겠냐~ 억울하면 이기든가!"

이어진 팀전에서도 결과는 같았다.

태양을 만난 팀은 일찍 떨어지고, 늦게 만난 팀이 좋은 결과를 얻었다.

S등급 클랜인 강철 늑대의 20~25층 부문 팀이 태양 일행에게 항복한 것이 클랜전의 백미였다.

불꽃 클랜의 간부이자 태양의 지인, 엄윤택이 휘파람을 불었다.

"예상은 했지만, 압도적이네요."

"우리가 먹여 준 게 있는데, 이렇게 못하면 억울하지."

불꽃의 클랜장, KDCR가 시니컬하게 중얼거렸다.

"직접 나가면 우승도 못 하실 거면서. 말이 박하십니다?"

"투자자로서 이 정도도 못 하나?"

"못할 건 없지만."

엄윤택이 입술을 삐죽 내밀었다.

"윤택, 마냥 웃고 즐길 게 아니야. 저들 어깨에 우리 목숨이 달려 있다고. 평가는 냉정하게 해야 해."

"우리가 태양이 형을 평가해 봤자 어쩔 건데요. 저 형이 못하는 거면 우리도 못 하는 건데."

"우리가 할 수 있는 최선을 다해서 그를 도와야지. 너처럼 박수만 치고 있을 게 아니라 오히려 우리가 더 열심히 윤태양의 결점을 찾고, 보완할 방법을 찾고, 연구해야지. 당장 그게 우리 목숨을 살릴 방법이니까. 그래도 다행이야. 당연하다는 듯이 찍어 눌러 주는군."

KDCR이 승리가 당연하다고 말하는 이유도 근거는 있었다.

유리 막시모프 클랜이 압도적인 성적을 거둔 이유는 태양 일행이 대단해서도 있지만, 전통적으로 참여하던 강자들이 대거 참여하지 않았기 때문이기도 했다.

15~20층, 20~25층 부문 클랜전의 최강자, 창천의 뇌제(雷帝) 운룡을 미궁을 오르기 시작했다.

강철 늑대의 검귀(劍鬼) 하인리히는 저번 클랜전에서 태양과 함께 나타난 신성, 백호랑이 인간 파카에게 패배한 이후 클랜 수련장에서 두문불출했다.

"그러고 보니 파카는 왜 이번 클랜전에 참가 안 했답니까? 쉼터에 들어온 건 확인됐는데."

"클랜을 나갔다는군."

"클랜을 나갔으니 클랜전 포인트도 필요 없다는 건가. 위층에서 힘들어질 텐데."

"윤태양만큼은 아니지만, 녀석 역시 역대급 재능이니까."

윤택이 머리를 긁적였다.

"듣고 보니 그것도 그러네요. 당장 우리 코가 석 잔데. 클랜장님, 어쩌실 겁니까? 이번에 명운이가 어떻게 성과를 내긴 했는데…… 아시죠?"

"뭘 어쩌긴 어째. B등급으로 격하당한 채 살아야지."

몇몇 클랜원들이 이번에 태양의 장비를 구하면서 남은 장비를 욕심낸 탓이었다.

시너지로 늘어나는 스탯도 중요하지만, 카드는 장비이자 스킬이다.

욕심을 부린 클랜원들은 숙련도 없는 카드를 장착하고 클랜전에 나섰다가 좋지 못한 결과를 맞이해 버렸다.

그렇지 않아도 간당간당하게 등급을 유지하고 있던 참이라 클랜전에서의 실패가 뼈아프게 다가왔다.

윤택이 한숨을 내쉬었다.

"그러게 욕심 좀 작작 부리라고 말을 해도……."

"사상자가 없으면 됐다. 사실 A등급 유지는 진작에 포기했어."

"아이. B등급 클랜으로 내려가면 시설 나빠지는데."

KDCR도 말은 그렇게 하지만, 표정은 씁쓸했다.

그가 창립한 클랜은 아니지만, 가장 오랜 시간 동안 클랜장으로 있었던 사람은 바로 그였다.

"어쩌겠나, 상황이 이런데."

유리 막시모프 역시 출전한 개인전에서 모두 1위로 마감하며 유리 막시모프 클랜의 클랜전은 성공적으로 마무리됐다.

유리 막시모프가 특유의 담백한 어투로 중얼거렸다.

"고생했어."

"아, 옙."

4번째 S등급 클랜의 출현에 쉼터 분위기는 꽤나 과열되어 있었지만, 정작 클랜원들은 별로 감흥이 없었다.

그도 그럴 것이 당장 된 것도 아니고, 체감이 되질 않았다.

유리 막시모프는 가벼운 인사 후 곧바로 스테이지에 진입했다.

태양 일행 역시 다음 스테이지로 들어갈 채비를 했다.

란이 물었다.

"클랜 등급 심의는 얼마나 걸린대?"

"그건 나도 모르지. 흠, 다음번에 통합 쉼터에 들어와 있을 때는 나오지 않을까?"

"그러고 보니까, S등급 클랜으로 올라가면 업적 말고 또 좋은 게 있나?"

"글쎄. 딱히 없는 거로 알고 있는데."

메시아가 고개를 끄덕였다.

"애초에 클랜은 클랜원의 구성 수준이 가장 자산이니까. 아마 오브젝트적으로 따지자면 다음 층으로 올라갈 때 강화의 문을 선택하면 강화 수치 상승 정도일 거다."

B등급 클랜은 금화의 문 선택 시 금화 추가 획득.

A등급 클랜은 거기에 더해 회복의 문 선택 시 완전 회복, 시

너지 추가.

S등급 클랜은 이 둘에 더해 강화의 문 선택 시 강화 수치 상승.

란이 어깨를 으쓱였다.

"의미가 있긴 하네. 통합 쉼터에 풀린 카드는 이미 한번 죄다 긁어모았으니 금화의 문 선택은 의미가 없고, 회복의 문은 부상을 당하지 않는 이상 쓸 때가 없으니까 강화의 문만 들어갈 텐데."

애초에 강화의 문은 그 상승 폭이 굉장히 비효율적인 편이라 딱히 간에 기별도 안 가는 수준이지만, 없는 것보다는 나은 법이다.

그때였다.

벌컥.

살로몬이 상기된 표정으로 들어왔다.

"태양, 찾아냈다."

"오. 그렇게 뜬금없이 들어와서 주어 다 자르고 이야기하면 내가 알아들을 수 있을까, 살로몬?"

"용혈(龍血) 말이다."

살로몬은 제 실험에 성과가 나타났다는 것이 기쁜지 태양의 딴죽에 반응하지 않고 말을 이었다.

─용혈이 뭐임?

-그거 있잖음. 만찬장 스테이지에서 업적으로 받은 거.

-신룡화 하위 버전 ㅇㅇ 다른 애들은 한 파츠씩 받고 윤태양만 반인반룡이라고 파츠 다 받은 그거.

-아, 살로몬이 용혈이었나?

-ㅇㅇ 살로몬 용혈, 란은 비닐.

-비닐이 아니라 비늘. ㅉㅉ 무식한 거 티 내냐?

-그렇게 말하는 사람이 더 무식함.

-반사.

으득.

아무렇지도 않게 입술을 물어 피를 낸 살로몬이 손등으로 입가를 훔치며 씨익 웃었다.

"봐라."

살로몬이 잠시 집중하더니, 이내 치이이익- 소리를 내며 피가 기화(氣化)하기 시작했다.

"마나를 일정 이상으로 집중하면 혈액이 들끓는다. 실험해 봤는데, 본인의 마나에만 반응하거든. 지금은 시각적으로 보여 주려고 일부러 피를 낸 거고, 체내에 돌고 있는 혈액 역시 마찬가지다."

"그래서 효능이 뭔데?"

태양의 말에 살로몬이 란에게 부탁했다.

"도깨비불, 사용할 수 있나."

"응. 도깨비불이 아니라, 도깨비 바람."

란의 풍술은 카드 기반의 스킬이 아니라 수련한 스킬화 기술이기 때문에 쉼터에서도 사용할 수 있었다.

후웅.

괴력난신(怪力亂神) ─ 도깨비 바람.

이히히히히!

키히히히히히힛!

이하하하하하!

란이 부채를 휘두르자 생명체 본연의 공격성을 증폭시키고 환각을 보게 만드는 도깨비불이 네 플레이어 주변에 나타났다.

"태양, 환각에 저항하지 말고, 그냥 네 체내에 있는 피에 마나를 집중시켜라."

태양은 살로몬의 말을 따랐다.

태양의 혈관을 타고 흐르던 피가 일정 이상의 마나를 머금자 부글부글 끓기 시작했다.

"으음."

"조금 아플 거다."

그런 건 먼저 이야기해 줘야 하는 거 아니냐고.

태양이 인상을 쓰는 동시에.

키히…….

이히히…….

아하…….

도깨비불이 사라졌다.

"어라?"

태양이 놀란 표정으로 주변을 돌아봤다.

"풍술, 끊었어?"

"아니? 지금도 계속하고 있는데?"

일반적으로 정신 계열 공격에 저항하면 형용할 수 없는 이물 감이 남는다.

하지만 지금은 그런 이물감이 없었다.

살로몬이 씨익 웃었다.

"정신계 마법 절대 저항. 내가 발견한 효능이다. 너도 알겠 지만, 란의 도깨비 바람은 결코 낮은 수준의 환각이 아니지."

"확실히. 물론 마나를 끌어 올려서 버티려고 하면 못 버틸 정 도는 아니긴 한데."

태양의 감상은 그냥 그렇구나, 정도였다.

하지만 살로몬은 아닌 모양이었다.

"저항력이 말도 안 돼. 99단계 저항이다. 너는 모르겠지만, 내 세계에서의 기법으로 공식화했을 때 측정할 수 있는 최대 성 능을 넘어섰어."

"음…… 어느 정도로 좋은 건지 감이 안 잡히는데."

"드래곤 피어가 40단계 상태 이상이다. 예전에 기록했던 문 서 중에 도시 하나를 통째로 바쳐서 일으킨 광란 마법이 85단계 저주였고."

─정리하자면 환각 마법 계열 면역 수준의 방어기가 하나 생겼
다는 거네. 뭐. 나쁘지 않아. 이런 종류의 대비책은 많을수록 좋은
거니까.

　살로몬이 피를 머금은 입술에 담배를 대고 힘껏 빨았다.

　"그리고 이런 식의 응용도 가능하지."

　후욱.

　분홍빛의 연기가 란의 도깨비 바람을 지웠다.

　"무슨……."

　란이 경악해서 살로몬을 바라봤다.

　"홋, 정신 계열 공격에 한해선 이 정도 위력이라는 거다."

　태양이 물었다.

　"간단히 마나만 집중하면 발현되는데, 왜 그동안 아무도 못
찾은 거지?"

　"말도 안 되는 수준으로 많은 마나가 필요하니까. 따로 개발
한 마나 집약 기구를 통해야만 기화시킬 수 있는 수준이다. 너
는 워낙에 많아서 쉽게 한 거고."

　"아하."

　태양이 머리를 긁적였다.

　좋은 건 알겠다.

　그런데 중요한 건, 이걸 어디에 써먹느냐는 거다.

　흠.

　에이 몰라.

언젠가는 써먹겠지.

25층 스테이지에 들어가기 전, 태양과 란은 다시 한번 숙고했다.

-플레이어들. 솔직히 나는…… 모르겠어, 태양아. 어떻게 취급하든 너의 선택에 맡길게.

동료로서 란과 살로몬을 대하는 것과는 다르다.

태양은 차원 미궁을 오르면서 이제까지는 NPC라고 생각했던 플레이어들을 망설임 없이 죽여 왔다.

끔찍한 감각을 게임의 환각이라 속이면서.

하지만 그들 역시 진짜였다는 사실이 명명백백하게 밝혀졌다.

숙고 끝에 태양이 내린 결론은 바깥에서 보기에는 끔찍할지도 모르는 종류의 것이었다.

결연한 눈빛을 한 태양이 중얼거렸다.

"이왕이면 죽이지 않으려 하겠지만, 아무도 안 죽일 수는 없을 거야."

필요 없는 살인은 지양한다.

하지만 필요할지도 모르는 살인은…… 한다.

제압과 살인의 난이도는 확연히 달랐다.

태양은 동 층에서 압도적인 무력을 가졌지만, 그럼에도 불구하고 제압만으로 스테이지를 완벽하게 클리어할 자신은 없었다.

'누군가는 나를 비난하겠지. 아니, 대부분.'

하지만 감수할 수밖에 없다.

솔직히 태양은 자신을 비난할 사람들에게 묻고 싶었다.

만약 당신이라면 이 세계에서 살인을 저지르지 않고 살아갈 수 있을까?

없다.

아니, 살아남으면 기적이겠지.

태양은 윤리니 도덕이니 하는 형편 좋은 말을 하기에는 이미 너무 멀리 와 버렸다.

0에서 1은 크지만, 100에서 101은 별로 다르지 않다.

이 말을 변명으로 삼기는 싫었지만, 태양이 당면한 현실은 차가웠다.

"솔직히 후회할지도 모른다고 생각해."

하지만 지금은 이 선택이 태양의 최선이었다.

그때 태양의 마음을 짓밟을 후회는 태양의 잘못을 꾸짖는 벌로서 기능할 거라 생각하며, 태양은 일행을 데리고 25층 스테이지에 발을 들였다.

❦

25층부터 27층은 44계위 마왕, 샥스의 층이었다.

샥스는 황새의 형상을 한 마왕.

"모습을 드러내지는 않는 건가?"

"나타날 때도 있고, 아닐 때도 있다더군."

샥스의 이명은 약탈이었다.

약탈.

폭력을 써서 남의 것을 억지로 빼앗는다는 뜻이다.

이명을 중요시해서 그에 맞춰 스테이지를 설계한 걸까.

아니면 좋아하는 것이 스테이지에 투영된 걸까.

샥스의 층을 관통하는 전체적인 기조는 약탈, 두 글자로 정리할 수 있었다.

[9-1 오우거 부락: 오우거 부락의 물자를 약탈하라.]

주변에 같이 배정된 플레이어들의 표정이 굳어졌다.

"젠장, 오우거 부락이라니."

"괴수 중에서도 최상위 포식자 아니야?"

"나 이 녀석들 20층에서 봤었는데, 그때랑 같은 녀석들이면 생각보다 할 만할지도?"

"쯧. 1~2마리랑 수십 마리 모여 있는 부락이랑 같을 거라고 생각하는 거야?"

"모습은 같은데 훨씬 강한 녀석들도 종종 존재한다더라고. 의심은 해 봐야 해."

몇몇 플레이어는 태양 일행을 힐끔힐끔 쳐다봤다.

플레이어들끼리 힘을 합쳐야 하는 상황.

명명백백한 차원 미궁의 슈퍼 루키 태양이 플레이어들을 규합한다면 쉽게 갈 수 있을지도 몰랐다.

—오우거 부락. 운이 좋아.

현혜가 오랜만에 들뜬 목소리로 중얼거렸다.

오우거는 단탈리안 공략가로 유명한 아주르 머프라는 이름을 알린 계기였다.

오우거는 자주 볼 수 있는 종류의 몬스터는 아니었다.

하지만 저층에서 고층까지 곳곳에서 나타났다.

출현 빈도는 낮지만, 출현 범위가 높은 몬스터라는 이야기다. 물론 20층에서 나타나는 오우거와 40층에서 나타나는 오우거는 기본적인 육체 스펙부터 지능, 무리를 짓는 습관까지.

많은 부분이 달랐다.

실제로 아주르 머프가 정립하기 전에는 이름만 같을 뿐, 아예 다른 몬스터로 분류하고 상대하는 게 낫다는 게 정론일 정도였다.

아주르 머프는 차원 미궁 곳곳에서 등장하는 오우거를 한 카테고리로 묶어 공통점을 찾으려 시도했다.

그리고 성공했다.

아주르 머프는 지능에 따라 행동이 달라지기는 하지만 오우거에게는 분명한 공통의 습성이 있음을 발견했다.

자잘한 공통점은 꽤 여러 가지였지만, 대표적으로 써먹을 수 있는 팁은 한 가지였다.

무리 지은 규모와 상관없이 무조건 3마리만 불침번을 선다는 것.

아주르 머프는 오우거의 치명적인 약점을 포스트에 써서 올렸고, 당시 최상위 랭크에 이름을 올렸던 유저들이 격렬한 동의 리뷰를 올려 댔다. 하지만 놀랍게도 이 규칙은 차원 미궁의 플레이어들 사이에도 퍼지지 않았다.

"신기하지만 아예 말이 안 되는 건 또 아니지."

본래 규칙이란 발견하기 전까지는 죽어도 안 보이다가 발견하고 나면 너무나 손쉽게 보이는 법이다.

여하간, 오우거 부락 약탈 스테이지의 공략은 탄탄하게 나와 있다는 이야기다.

─샥스는 스테이지의 전체적인 기조를 약탈로 잡았어. 하지만…….

"하지만 꼭 원하는 대로 해 줄 필요는 없지."

차원 미궁의 시스템은 양면적인 부분이 있다.

마왕이 의도한 대로 착실히 움직이면 그만큼 업적을 후하게 주는 반면, 마왕이 의도치 않은 움직임으로 결과를 만들어도 업적을 후하게 줬다.

공통점이라고는 그 기준치가 말도 안 되게 높다는 것 정도일까.

이번에 태양이 선택한 건 후자였다.

"부락은 여러 개 있고, 그중 한 곳만 털면 되는 거지?"

-어. 보통 한 곳을 털다가 연쇄적으로 싸움이 일어나서 거의 전쟁처럼 되기는 하는데.

"일단 해 보자고."

-세 명만 깨 있다지만. 조심해야 돼. 오우거는 덩치에 맞지 않게 예민한 녀석들이거든.

태양은 그들의 파티.

즉, 네 명만으로 약탈을 훌륭하게 해냈다.

아니, 이것을 약탈이라고 할 수 있을까.

"솔직히 도둑질에 가깝지."

태양 일행은 오우거의 특성을 파고들어 전투 없이 오우거들의 부락에서 물자만을 빼 왔다.

다른 플레이어들이 태양의 눈치를 보면서 하루 이틀 시간을 보내고 있는 사이, 하룻밤 만에 벌어진 일이었다.

-ㄹㅇ 홍길동.

-와, 아주르 머프 공략을 이렇게 써먹네.

-무교전 약탈; 이거 이론상으로만 가능한 거 아니었냐;

-오우거는 본능적으로 경계 교대를 한다. -〉 그 과정에서 일어나는 커뮤니케이션을 이용해서 정보를 흩어서 경계 방향을 뒤튼다. -〉 오우거 주술사가 주술사 색적 기물 파괴해 놓고 대놓고 들어간 다음 숨는다.

-이거 시도한 사람 윤태양이 처음임?

-ㄴ 근데 이렇게 깔끔하게 성공하는 건 처음 봄.

-근데 윤태양 덕이라기보다는 란 풍술 덕인 거 같은데?

-지능이 낮아서 도깨비 바람이 크리티컬로 들어간 게 진짜 컸던 듯.

-덕분에 같이 들어온 플레이어들도 개꿀 빤 거 아님?

-네, 알 바 아니고요.

-뭔 개꿀을 뺌? 암 것도 안 했는데.

-아만보.

-너무해...

[9-1 오우거 부락: 오우거 부락의 물자를 약탈하라. - Pass]

[획득 업적: 좀도둑, 대도, 하룻밤의 기적, 은밀 기동대, 무사살 약탈, 선배님 이름은 뺄게요, 가질 수 없다면 부숴라, 최단 시간 클리어, 타초경사(打草驚蛇), 오우거 부락 약탈 클리어]

캐리를 기다리며 시간을 죽이던 플레이어들의 허무한 얼굴로 태양 일행을 바라봤다.

우워워어어어어어어!

워어어어어어어!

하룻밤 만에 재산을 약탈당하고, 환영에 허우적거리며 분노에 찬 오우거들의 고함을 뒤로한 태양 일행은 다음 스테이지로 진입했다.

[9-2 보물찾기: 가장 '가치 있는' 물건을 구한 상위 30% 플레이어
가 되어라. 24:00:00]

이어지는 스테이지는 보물찾기 스테이지였다.

보물찾기.

4층에서 겪었던 '보주 찾기' 스테이지와 겨우 한 글자 차이 나
는 이름이다. 그런 만큼 스테이지 자체는 비슷한 면이 있었다.

가장 먼저 꼽을 만한 점은 환경.

거대한 숲이다.

이 거대한 숲에는 각종 괴수가 살았다.

그리고 그 괴수들의 둥지, 거주지, 안식처 등에서 가치 있는
물건을 찾아서 가져야 했다.

24시간이 지난 시점에서 가장 귀한 물건을 지니고 있는 상위
30% 플레이어만 스테이지를 통과할 수 있었다.

―이거 다 같이 통과할 수는 없나?

―ㄹㅇ... 다른 플레이어도 다 사람이잖아. 무조건 30%만 살
아남는 거 너무 가혹한데.

―뭘 가혹함; 원래 차원 미궁 스테이지가 이런 곳인데.

―원래 이런 곳이라고 가혹하지 않게 되는 건 아니잖아요.

다 같이 살아갈 방법을 연구해 볼 수는 없는 걸까요?

　─ㄹ ㅇ. 윤태양이 다른 플레이어들 통제해서 아무도 보물 못 찾게 하면 안 됨? 그럼 다 같이 통과할 수 있지 않을까?

　─개소리 ㄴ. 윤태양이 강하긴 한데 그 정도 통제력은 말이 안 됨.

　─아니, 애초에 전교생이 다 0점 맞으면 다 같이 9등급임. 상위 100%라고. 계산이 안 되나;

　─아닐 수도 있잖음.

　─그거 실험해 보려고 윤태양이 목숨을 걸어야 한다고?

주르륵 올라오는 채팅.

물론 태양은 실험에 목숨을 맡길 생각은 없었다.

　─이번에는 공략보다 무력으로 찍어 누르는 게 효율적일 거야.

"그거 내가 아주 잘하는 거네."

　─아티팩트는 딱히 기대하지 않는 게 좋아. 전에 들른 플레이어들이 남기고 간 물건이 있을 수도 있긴 한데, 대부분 손상되어 있는 경우가 많거든.

"얻을 수 있는 최대 볼륨이 괴수의 내단 정도라고 했었나?"

　─그렇지 않아도 강력한 괴수를 때려 눕혀야 하니 효율은 안 나오지만, 그렇지.

보물찾기 스테이지에서 태양 일행이 세운 작전은 간단했다.

살로몬과 란에게 대놓고 색적을 맡기고, 경계하는 괴수들은

신전의
원코인
클리어

태양이 처치하기.

마법적인 바람과 안개가 숲을 감싸자 해당 영역을 지배하고 있는 괴수들이 태양에게 달려드는 틈을 타 흡혈귀화(吸血鬼化)한 메시아가 둥지를 털어 버리는 게 작전의 메인이었다.

─크. 메시아가 드디어 제대로 된 역할을 하나 받나 보네.
─도둑질 때도 흡혈귀화로 1인분은 톡톡히 함. ㅋㅋ.

스타버스트 하이킥(Starburst High Kick) ─ 캐논 폼(Canon Form).
콰아아앙!
키에에에에에엑!
정의행(正義行) 1식 ─ 통천(通天).
뻐어어어!
꾸워워워워!
정의행(正義行) 4식 ─ 천굉(天轟): 윤태양식(式) 어레인지.
쩌어어엉!
아오오오오오!

태양 혼자서 벌이는 전투였지만, 엄청난 스케일은 주변의 다른 플레이어들이 감히 접근조차 할 수 없게 만들었다.

스테이지 상공에서 그를 지켜보던 황새, 44계위 마왕 샥스의 반응은 이제까지 태양의 플레이어를 지켜보던 다른 마왕들과 같았다.

"대단하다, 대단하다 말은 들었지만, 이 정도일 줄이야."

스테이지를 위해 샥스가 약탈해 온 희귀 괴수들이 죄다 죽어 나가고 있었지만, 오히려 좋았다.

좀처럼 보기 힘든 '보물'을 발견하는 건 쉬운 일이 아니었으니까. 말하자면, 윤태양은 샥스의 약탈 본능을 자극했다.

"이미 후원 계약을 맺었다고? 흥. 빼앗지 못할 건 없지."

윤태양이 단탈리안과의 계약 조건을 상세하게 말해 주기만 한다면 허점을 짚어 계약을 취소시키든가, 교묘한 중복 계약을 통해 더 강한 영향력을 행사하는 등.

방법은 많았다.

샥스가 하늘에서 태양을 바라보며 머리를 굴리던 그때.

"그러지 않는 게 좋다."

묵직한 저음이 샥스의 고막을 울렸다.

샥스가 흠칫 놀라서 고개를 돌렸다.

그곳에는 녹색 정장에 녹색 중절모를 쓴, 그러나 등 뒤에는 엽총을 멘 사냥꾼이 자리하고 있었다.

"바르바토스……!"

제8계위 마왕, 대공 바르바토스였다.

바르바토스는 샥스의 경계와 상관없이 그 밝은 눈으로 태양의 플레이를 지켜보았다.

"영상으로 확인했지만, 그사이에 더 강해졌군. 확실히 물건이긴 해."

신전의
원코인
클리어

"바르바토스. 여길 왜?"

"약탈. 그만 두는 게 좋을 거다."

"뭐?"

"내가 더 설명할 필요 있나? 스스로가 더 잘 알 텐데."

샥스의 반문에 바르바토스가 말없이 그를 바라보았다.

특유의 모든 것을 꿰뚫어 보는 듯한 녹안에 바르바토스가 저도 모르게 눈을 돌렸다.

"단탈리안은 집요한 마왕이다."

"집요하다고? 단탈리안이?"

"그래. 너희들이 아는 것보다 훨씬."

콰아아아아아앙!

숲에서 일어난 커다란 파동이 샥스의 날개를 들썩였다.

"쓰읍."

저만한 플레이어를 바르바토스의 말 한마디에 그냥 보내 줘야 하다니.

샥스가 저도 모르게 군침을 삼켰다.

그런 샥스를 보며 바르바토스가 생각했다.

'오길 잘했군.'

동시에 고개를 돌려 정신없이 싸우는 윤태양을 바라봤다.

차원 미궁에서 유래 없는 페이스로 성장을 거듭한 단탈리안의 작품을.

만약 샥스를 가만히 뒀다면, 윤태양이 샥스의 마수에 걸려 단탈리안을 끊어 냈을까?

아니면 오히려 샥스를 자신의 올가미에 묶어 전리품으로 만들어 버렸을까.

바르바토스는 확신했다.

'분명한 건, 무슨 일이든 그것을 바탕으로 성장을 가속할 거다.'

그건 바르바토스가 바라는 방향이 아니었다.

⋙⋘

[9-3 대 해적 시대: 문을 찾고 들어가라.]

27층의 스테이지, 대 해적 시대는 샥스가 정복한 차원 중 하나였다.

살로몬의 고향 차원이자 스테이지였던 Endress Express와 같은 케이스.

다만 대 해적 시대 스테이지에는 육지가 없었다.

샥스가 대륙의 육지를 '약탈'했기 때문이다.

"육지를 약탈하다니, 터무니없는 짓을 했네."

-지구에도 그런 일이 일어날 수 있을까?

"그럴지도 모르지."

육지가 없다고는 하지만, 인간이라는 동물의 속성은 변하지 않았다.

인간의 속성. 사회적인 동물이라는 것.

인간은 육지가 없는 와중에도 서로 연결되고, 결집되려 하는 습성을 가지고 있었다.

매개는 배였다.

인간들은 육지가 없는 바다의 세계에서 거대한 선박을 곧 나라, 영토라 칭하며 살아가기 시작했다.

물론 일반적인 나무 선박은 극소수다.

바다에서 구할 수 있는 재료에 마법적인 가공을 더해 배를 만들어 냈다.

육지가 존재하던 시절에 육지 나무를 베어 낸 자재는 대 해적 시대 스테이지에서 그 무엇과도 견줄 수 없는 보물로 통했다.

거대한 배가 곧 나라.

그리고 플레이어는 무작위로 선박 중 한 곳에 떨어진다.

이는 Endress Express와 같은 양상이다.

플레이어는 나라에 침입한 좀도둑들이 되는 것이다.

대 해적 시대 스테이지에서 통행증이 없는 인간은 노예로 통했다. 당연히 들키면 각박한 처지를 피할 수 없었다.

태양은 좀도둑 신분임에도 당당하게 선두로 나와 주변을 살폈다.

너무나도 당당한 그 태도에 주변에 돌아다니는 스테이지의 원주민들은 태양을 의심하지 않았다.

수평선이 보이고, 그 수평선의 절반가량을 메우고 있는 수많은 선박 무리가 보였다.

"……이 배 중 하나에 문이 있다는 거지? 그걸 찾아서 들어가면 되고."

샥스의 스테이지는 '약탈'이라는 두 글자로 대변된다고 했다.

이번 스테이지 역시 마찬가지였다.

일견 보기에는 약탈과 관련이 없어 보인다.

하지만 실은 생존을 하기 위해서 자연스럽게 약탈을 할 수밖에 없는 구조다.

단단한 땅을 딛고 살아가는 사람들에게는 인정이 있지만, 항상 흔들리는 물 위에서 사는 사람은 다를 수밖에 없다.

물론 단단하거나 흔들리거나 그런 간단한 분류가 아니다.

육지에서는 농사를 통하거나 사냥을 통해. 혹은 채집을 통해 살아갈 수 있다.

하지만 바다는 다르다.

조건이 맞는 극소수의 해류에서 제한적으로 양식을 하는 것을 제외하면, 나머지는 사냥이나 채집을 통해서 식량을 수급할 수밖에 없다.

인류는 농업 혁명을 통해 그 세를 불리기 시작했다.

인지 혁명과 농업 혁명은 인류에게 '잉여 재산'이라는 개념을 선물했고, 이는 모르는 이에게 내일과 모레에 먹을 수 있는 식량을 나눠 줄 수 있는 인심을 만들어 줬다.

하지만 육지가 사라진 인간에게 잉여 재산이란 꿈의 단어였다.

육지가 있던 시절, 인간들의 마음에 싹터 있던 인심은 당연히 빠르게 희미해졌다.

"밥 먹으려고 싸우고, 그거 들고 달려드는 애들이랑 싸우고, 동료들 복수하겠다는 놈들하고 싸우고. 참. 스테이지 지독하게 만들어 놨네."

태양이 고개를 꺾으며 사납게 웃었다.

⁂

잘 만든 스테이지는 작품으로서 마왕의 과시욕을 충족시켜 주기도 한다.

대 해적 시대 스테이지가 그랬다.

샥스의 대 해적 시대 스테이지는 키메리에스의 시그니처 스테이지, Endress Express만큼이나 커다란 스케일의 스테이지로 유명했다.

대 해적 시대 스테이지를 처음 선 보였을 때, 많은 마왕이 호평을 보이기도 했었다.

당시 최전선 플레이어들이 결국 치고 올라가면서 관심이 식기는 했지만, 그래도 잘 만든 스테이지라는 평가는 변함없었다.

'변함이 없었는데…….'

샥스가 스테이지를 내려다보았다.

잘 만든 스테이지의 정의란 무엇일까.

보는 데 재미있으며, 플레이어의 능력을 극한으로 끌어내고, 그 과정이 항상 치열한 전투로 점철되는 스테이지를 말한다.

이 세 과정을 모조리 채우기는 사실 쉽지 않다.

보는 재미를 추구하면 플레이어의 능력을 끌어내는 데 한계가 생긴다.

플레이어의 능력을 끝까지 끌어내는 스테이지를 설계한다고 하더라도, 그 과정을 치열한 전투로 점철되게 만드는 건 어려운 일이다.

일례로 영혼 수련장 스테이지는 플레이어의 능력을 극한으로 끌어내기는 하지만, 치열한 전투는 간헐적이고, 보는 데에는 지루하다.

그리고 지금.

샥스의 자랑이던 스테이지는 잘 만든 스테이지라는 명함을 떼야 되게 생겼다.

왜?

태양이 샥스의 스테이지를 스테이크처럼 잘게 썰어서 씹어 먹고 있었으니까.

다른 말로 하자면, 플레이어의 능력을 끝까지 끌어내지 못하고 속수무책으로 공략당하고 있다는 뜻이었다.

사실 샥스로서는 억울한 노릇이다.

윤태양이 압도적인 스펙으로 올라와서 다 깨부수고 다니는데, 마왕이 직접 나서는 것도 아니고 20층대 스테이지에 책정된 난이도로 태양을 어떻게 막는다는 말인가?

허공에서 바다내음을 맡으며 스테이지를 관람하던 샥스가 쓴웃음을 삼켰다.

'물론, 다른 마왕은 그의 사정을 봐주지 않겠지.'

거대한 스케일이니만큼 꽤 오랫동안 시간을 끌 거라고 생각했던 대 해적 시대 스테이지는 빠르게 진행됐다.

그 과정은 물처럼 유연하고 스프링처럼 탄력적이어서, 지켜보던 바르바토스가 감탄을 금치 못할 정도였다.

"무력만 강한 게 아니라, 강한 무력을 어떻게 써야 할지 알고 있어."

본능적으로 퇴로를 확보하고, 지형지물을 숙지하고, 그것을 이용하는 그런 수준의 전투 판단이 아니다.

넓은 시야로 전황 그 자체를 보는 전술 판단이다.

"무턱대고 사냥만 해 대는 줄 알았는데, 숲의 생태계까지 조율할 줄 아는군."

잡아 꺾어 놔야 할 무리는 확실하게 꺾어 놓고, 적당히 유약한 녀석들은 애들은 눌러만 놓는다.

거대한 집단의 머리와 마주치면 거침없이 전투에 들어가 압도적인 무력으로 박살 내서 오히려 쓸데없는 전투를 줄인다.

고작 12시간 만에 규합되기 시작한 태양의 무리는 하룻밤이 채 지나기 전에 거대한 카르텔로 그 덩치를 불렸다.

"호오."

태양은 일련의 행위를 아주 쉽게 했지만, 바르바토스는 그것이 쉬운 일이 아니라는 것을 알았다.

깨야 할 대상과 아량으로 보듬어야 할 대상을 구분하는 일.

적당히 약한 세력을 압도적인 카리스마로 복종하게 하는 일.

거대한 집단을 소규모 전투만으로 완벽하게 휘어잡는 일.

말로는 쉬워 보인다.

하지만 그것은 착각이다.

"어떤 일을 아주 잘하면 그것이 쉬워 보이는 법이지."

지금 태양이 그랬다.

'끄응.'

바르바토스의 거듭된 칭찬에 샥스의 속만 탔다.

'저런 녀석을 지켜보며 손가락만 빨아야 하다니.'

샥스가 조급한 기색으로 바르바토스의 눈치를 봤다.

물론 바르바토스는 자리를 뜰 생각이 없어보였다.

'확 들이박아?'

물론 샥스의 머릿속에서만 일어난 일이다.

대부분 마왕은 서로를 평등하게 여기지만, 그래도 순위 차를 아주 무시할 수는 없다.

바르바토스는 무려 8계위 마왕이었다.

지금이야 진중한 모습으로 양복이나 입고 다니는 '패션 사냥꾼' 같은 행색이지만, 당시 계위 쟁탈전에서 바르바토스가 어떤 무위를 보였는지 모르는 마왕은 거의 없었다.

게다가 샥스와 바르바토스는 상성 또한 좋지 않았다.

본인은 황새.

바르바토스는 사냥꾼.

굳이 덤벼 봐야 좋지 못한 결과가 나올 가능성이 매우 컸다.

샥스는 이번 스테이지의 '문'을 스테이지에서 가장 강력하고 배타적인 선박에 선정했다.

'문'은 스테이지 회차에 따라 샥스가 임의로 정하는 것이었다.

당연히 플레이어들의 수준에 따라 난이도를 선정하는데, 이번에는 윤태양이라는 이레귤러 덕분에 가장 어려운 난이도로 선정했다.

"하지만 부족해."

수많은 선박을 빠르게 규합한 태양 일행은 빠른 속도로 정보를 모았다.

란의 풍술을 이용한 정보 수집 능력은 물론 말할 필요도 없었지만, 이번 스테이지에서 돋보인 것은 살로몬과 메시아였다.

해무(海霧)가 살로몬의 수족이 되어 움직여 햇볕을 가려 줘서 메시아의 거동을 자유롭게 했기 때문이다.

비까지 내리는 바람에 이동에는 지장이 있었지만, 태양 일행이 정보를 모으는 데에는 아주 적합한 환경이었다.

고작 이틀 만에 최종 목적지를 파악할 만큼.

문의 위치를 파악한 태양은 곧바로 돌진하는 게 아니라 다른 선택지를 택했다.

빠르게 목표 선박, 아돌프 모함 주변의 위성 선박들을 탈취, 파괴하면서 아돌프 모함을 고립시켰다.

태양 일행은 아돌프 모함 주변을 빙빙 돌면서 아돌프 모함의 어선은 물론이고, 낚시를 위해 내리는 그물까지 모조리 끊어 버렸다.

물론 아돌프 모함에는 꽤 장시간을 버틸 수 있는 식량이 비축되어 있었다.

하지만.

"뱃사람들이라면 이런 문제에 예민할 수밖에 없지."

태양이 히죽 웃었다.

옛날부터 식량과 같은 문제에 가장 예민한 이들이 바로 뱃사람들이었으니까. 사실 태양이 벌인 일은 뱃사람이 아니라 어떤 사람이든 예민하게 받아들일 수밖에 없었다.

육지로 치자면 농장에 매일 멧돼지를 풀어놓고, 논밭에 일하러 나오는 사람을 쫓아내며 사냥을 나온 사람을 무기로 위협한다.

생계의 위협.

태양이 한 일은 사실상 아돌프 모함에서 할 수 있는 모든 생산 활동을 끊어 놓는 행위였다.

바르바토스 고개를 끄덕였다.

"훌륭한 사냥꾼의 움직임이군."

여기에 시의적절한 도발이 더해지자 결국 아돌프 모함의 인간들은 전쟁을 선택했다. 하지만 그것은 연기에 질식해서 토끼굴에서 튀어나오는 토끼와 다를 바가 없었다.

왜?

그들과 태양 일행의 전투력 격차는 토끼와 사냥꾼만큼 커다랬기 때문이다.

Endress Express 스테이지에서 군단장 고영의 무력에 감탄을 터뜨리던 태양은 대 해적 시대 스테이지의 최고 무신 아돌프를 단 세 합 만에 제압했다.

그렇게, 태양 일행은 스테이지를 클리어했다.

대 해적 시대 스테이지에 뿔뿔이 흩어져 있던 다른 플레이어들이 태양의 덕으로 스테이지를 클리어하게 된 것은 물론 마찬가지다.

"플레이어 하나 때문에 스테이지가 그 의미를 잃어버리는군."

샥스가 감탄에 감탄만 반복하며 꿀꺽 꿀꺽 울대만 꿈틀댔다.

그리고 더 표정을 굳히는 바르바토스.

'확실히, 견제가 좀 필요하겠어.'

＊＊＊

당연하게도 샥스의 층을 클리어하고 나서 받은 공인 등급은

S였다.

태양 본인이 생각하기에도 이렇게 압도적으로 클리어한 층이 있었나 싶을 정도였다.

-대 해적 시대 스테이지, 확실히 좋았어.

현혜가 들뜬 목소리로 중얼거렸다.

좋았다.

대 해적 시대 스테이지에서만 얻은 업적이 20개가 넘었으니까.

하지만 현혜가 좋았다고 하는 부분은 결과적인 측면에서 하는 이야기가 아니었다.

이번 층에서는 현혜의 전략과 태양의 수행 능력이 완벽하게 맞아떨어졌다는 점에서 큰 발전이 있었다.

"이 속도라면 우리 생각보다 훨씬 금방이겠는데?"

-맞아. 36층도 금방일 거야.

36층.

아마도 별림은 36층 부근 스테이지에 어떠한 사정으로 몸이 묶여 있을 가능성이 컸다.

"자, 그럼 다음 스테이지로 움직일까."

-조금 진정해. 너는 몰라도 다른 플레이어들은 휴식이 필요할 거야.

살로몬과 란, 메시아는 물론 동 층의 플레이어에 비해서 강하긴 하지만, 태양 정도는 아니었다.

신의
원코인
클리어

태양의 템포에 따라오느라 지칠 수밖에.

물론 태양의 템포를 따라오며 1인분을 할 수 있다는 것 자체가 대단한 것이었다.

지금 태양은 단순히 스펙만으로 따져 봤을 때 50층 당시의 KK와 비견해서 꿇리지 않을 수준이었으니까.

클랜 유리 막시모프는 여전히 A등급 클랜이었다.

아직 길드 심의가 채 끝나지 않았기 때문이다.

길드 심의는 클랜전 이후 닷새 동안 유예를 가진 후 결과가 발표되는데, 태양 일행은 3개의 층을 단 나흘 만에 돌파해 냈다.

이는 통합 쉼터에서도 꽤나 논란을 일으킨 사건이었다.

일부는 태양과 마왕 사이에 커넥션이 있는 것이 아니냐는 주장을 펼치기도 했다.

"뭐, 아주 틀린 말은 아니지."

하지만 그 주장은 딱히 파장을 일으키지 못했다.

당장 S등급 클랜, 창천의 문주 허공부터 A등급 클랜의 클랜장, 간부들 중에 몇몇이 마왕과 계약을 한 마당이다.

차원 미궁을 오르지 않을 생각이라면 입을 나불거릴 수 있겠지만, 오를 생각이라면 당연히 조용히 하게 되어 있었다.

통합 쉼터에서 놀랄 만한 사실은 한 가지 더 있었다.

"파카가 아그리파에 입단했다고?"

"네. 저번에 클랜을 탈퇴했다기에 무슨 일인가 했는데, S등급 클랜으로 들어갔을 줄이야. 저도 깜짝 놀랐습니다."

불꽃의 간부, 윤택이 전해 준 비보였다.

"말하는 거만 보면 거의 인간을 혐오하는 수준 아니었나? 잘
도 들어갔군."

"저도 어떻게 된 건지 영문을 모르겠습니다. 알아보려고 했
는데 쉽지가 않더라고요."

"괜찮아. 뭐, 그런가 보다 하는 거지. 당장 우리가 올라갈 때
방해가 될 것도 아니니까."

윤택이 여관을 나서고, 태양 혼자 남아 있을 때였다.

"안녕하십니까. 플레이어 윤태양."

그때 클랜하우스에 단탈리안이 나타났다.

반투명한 모습으로.

역병 퇴치

"안녕하십니까, 플레이어 윤태양."

말을 걸어오는 단탈리안은 마치 영상 장치를 통해 홀로그램이라도 쏜 듯한 몰골이었다.

  -?? 갑자기 분위기 SF?
  -SF 컨셉인 스테이지도 있긴 있지.
  -근데 단탈리안이?
  -당황스럽네.

태양은 평소 채팅 창에 공감하는 일이 많지 않았다.

하지만 이번에는 공감할 수밖에 없었다.

갑자기 무슨 SF 영화도 아니고 말이야.

태양의 어리벙벙한 모습을 지켜보던 단탈리안이 하하하, 웃음을 터뜨렸다.

"이건 신탁을 통한 접촉입니다."

"신탁?"

"예. 우리가 한 계약을 통해 메시지를 전하러 온 겁니다. 아마 다른 플레이어가 있어도 제 모습을 볼 수는 없을 겁니다. 저와 계약으로 연결된 플레이어는 당신뿐이니까요."

싱긋 웃은 단탈리안이 말을 이었다.

"신탁은 대화할 수 있는 시간이 정해져 있습니다. 그러니까 바로 본론으로 들어가겠습니다. 다음 층, 그러니까 28층부터 30층은 푸르카스의 층입니다."

50계위 마왕, 죽음의 푸르카스.

검은 후드에 커다란 낫을 들고 다니고, 늘어진 수염이 시그니처인 사신(死神)의 모습을 한 마왕이다.

"나도 대충은 들었어."

"네. 어느 정도는 아시겠죠. 유저들은 서로 정보를 공유하니까요. 물론 저는 유저들이 모르는 사실을 알려 주기 위해서 왔습니다. 푸르카스는 자기가 맡은 차원 침략을 플레이어의 손에 자주 맡기기로 유명한 마왕입니다."

"차원 침략?"

"세상에는 여러 가지 차원이 존재합니다. 지구나 에덴, 창천처럼 억 단위 지성 생명체가 사는 차원도 있는 반면, 살로몬 출신의 차원, Endress Expree처럼 볼륨이 작은 곳도 있지요. 최근에 겪었던 샥스의 대 해적 시대 스테이지도 같은 느낌으로 볼륨이 작은 차원이지요."

볼륨이 작다기엔⋯⋯ 크지 않았나?

단탈리안은 말을 이었다.

"그런 곳은 종종 마왕 혼자서 침략 사업을 벌이기도 합니다."

"마왕이 혼자서 하나의 차원을 침략한다고?"

"예. 지구와 같이 볼륨이 큰 차원은 저항이 커서 힘을 행사하기 어렵지만, 볼륨이 작은 차원일수록 저항도 작거든요."

물론 저항이 작을 뿐, 아예 없는 것은 아니었다.

마왕이 다른 차원에서 힘을 행사하기 위해서는 어느 정도 손해를 봐야 한다는 말이다.

"푸르카스는 손익 계산이 날카로운 마왕입니다."

푸르카스는 차원 미궁의 콘텐츠라는 명목으로 플레이어에게 자기가 맡은 차원 침략을 이행시켰다.

초월자의 경지에 오르지 못한 플레이어들은 다른 차원을 침략하더라도 저항에 구애받지 않기 때문에 가능한 일이었다.

푸르카스는 차원 미궁과 해당 차원을 잇는 게이트만 만들어 놓고 팝콘을 먹으며 일이 진행되기를 기다린다.

"그래도 되는 거야?"

"안 될 건 없지요. 스테이지를 어떻게 구성할지는 온전히 층주의 권한입니다."

물론 이런 방식으로 때우는 스테이지는 완성된 스테이지에 비해 안정성이 떨어지기는 했다.

변수로 인해 플레이어가 죽거나 잘못될 가능성도 있다는 말이다. 그리고 이는 플레이어뿐만 아니라 마왕에게도 해당되는 이야기였다.

플레이어가 차원 안에서 어떤 변수를 일으킬지 모르고, 그로 인해 차원 침략을 통한 보상을 온전히 얻어 내지 못할 가능성이 있기 때문이다.

"얼렁뚱땅 넘기는 일인 만큼, 제대로 될 거라는 기약이 없다는 이야기군. 푸르카스는 그 리스크를 감수하는 거고."

"물론 푸르카스도 그 점을 생각하고 있기 때문에 자신 기준선을 넘은 플레이어만 제한적으로 보낼 겁니다."

그리고 태양은 당연히 푸르카스의 기준선을 넘었을 가능성이 컸다.

"어쨌든, 차원 침략은 마왕으로서도 꽤 커다란 보상을 얻을 수 있는 일입니다."

"그런데 푸르카스의 부름으로 차원 침략에 동원되면, 그 순간만큼은 내가 차원 침략의 전권을 쥐게 된다는 거네? 그럼……."

태양이 퍼뜩 눈을 떴다.

"푸르카스가 차원을 '채굴'해서 얻어야 할 보상을 내가 가로챌 수 있다?"

단탈리안이 고개를 내저었다.

"그게 가능한지는 모르겠습니다. 아직 그런 일을 성공한 플레이어는 없거든요. 개인적으로 예상하자면 아마 힘들 겁니다. 당신은 마왕이 아니니까요."

차원 미궁에서야 모든 보상이 업적, 카드, 아티팩트 등으로 나오지만 현실의 차원에서 얻을 수 있는 보상은 그렇지 않았다.

과거 중동 지역에 묻혀 있던 수많은 원유의 취급이 어땠던가?

써먹을 방법을 알고 나서야 돈이었지만, 그전에는 그냥 원래부터 존재하던 바위, 흙과 같은 것이었다.

"보상을 가로챌 순 없지만, 거기에서 이득을 창출할 수는 있겠죠."

"계속 말해 봐."

"당신이 차원 침략을 통해 보상을 획득하는 건 어려운 일입니다. 하지만 쉬운 일은 따로 있습니다. 바로 푸르카스의 채굴을 방해하는 겁니다."

차원 침략을 통해 채굴의 보상을 취하는 건 어려운 일이지만, 파괴해 버리는 건 아주 쉬운 일이다.

탄광에 다이너마이트를 때려 박아 버리면 다시 탄광을 짓기까지 석탄을 캐는 일은 불가능해진다. 이는 정밀한 계산을 통해 탄광을 넓혀 가는 일에 비하면 아주 쉬운 일이기도 했다.

"당신도 차원 미궁을 오르면서 느꼈겠지만, 마왕은 플레이어

에게 필요한 것을 주는 일을 제법 잘합니다. 언제부터 그렇게
되었는지는 모르겠습니다만."

차원이 아니라 마왕을 공략해서 보상을 뜯어낸다.

단탈리안이 웃었다.

태양도 마주 웃었다.

"재밌겠네."

[10-1 역병 퇴치: 역병의 근원을 퇴치하고 최후의 요새를 수복하라.]

태양은 반사적으로 주변을 돌아보았다.

태양, 란, 살로몬, 메시아.

같이 소환된 다른 플레이어는 보이지 않았다.

그때였다.

"오오, 용사님!"

"정말로 용사님이 내려오셨다! 대장의 선택이 틀리지 않았
어!"

"신이 아직 우릴 버리지 않으셨구나!"

차원의 원주민으로 보이는 이들이 감격한 얼굴로 태양 일행
을 바라봤다.

태양이 이들을 원주민이라고 생각한 이유는 간단했다.

피골이 상접해 있고, 무기를 들고 있지도 않았기 때문이다.

게다가 마나 파동도 플레이어라고 보기엔 너무나도 보잘 것 없었다.

"플레이어는 아닌 것 같지?"

–아마도.

태양은 원주민들의 격한 반응에 대꾸해 주기 전에 주변을 더 살펴봤다.

–휑한 공터네. 아니, 폐허?

"하여튼 그 비슷한 것들이야."

콘크리트 뼈대를 드러낸 건물들.

주홍빛으로 물든, 아름답다기보다 종말을 이야기하는 듯한 하늘 배경.

그리고.

끄르르르르르륵!

키에에에에에엑!

심상치 않은 괴물들의 울음소리.

적어도 현혜의 데이터베이스에는 없는 스테이지였다.

한참을 자리에서 더 기다렸지만 다른 플레이어들의 추가 소환은 이루어지지 않았다.

태양 일행이 서로 눈빛을 교환했다.

"단탈리안의 예상이 적중했네."

스테이지가 되기 전의 세계.

다른 말로 하자면 멸망해 가는 차원.

그리고 그 차원을 스테이지로 만드는 일꾼으로 태양이 낙점된 게 분명해 보였다.

태양이 스테이지의 목표를 다시 한번 읽었다.

역병의 근원을 퇴치하고 최후의 요새를 수복하라.

한 줄로 적혀 있지만, 목표는 두 가지다.

역병의 근원 퇴치.

최후의 요새 수복.

하나는 차원 침략을 위한 일이고, 하나는 차원의 '스테이지화'를 위한 일이겠지.

둘 중 태양이 가지고 저울질해야 할 일은 무엇일까?

그것이 지금부터 고민해 봐야 할 문제였다.

"저어, 용사님?"

태양 일행이 아무 반응이 없자 잠자코 기다리던 차원 원주민 중 하나가 조심스럽게 태양에게 다가왔다.

상황을 대충 파악했으니 이제는 스테이지에 대해 알아볼 차례다.

태양이 원주민에게 고개를 돌렸다.

원주민은 태양이 드디어 자신을 돌아봐줬다는 사실에 감격하는 한편 걱정이 섞인 표정으로 말했다.

"슬슬 위험합니다."

"위험하다고요?"

"예. 숙주는 인간의 기척에 예민합니다. 특히 열 이상의 무리가 동시에 뿜어내는 기척에는 더더욱요. 곧 있으면 들이닥칠 겁니다."

태양이 원주민 일행을 돌아봤다.

숫자 여섯.

태양 일행 넷.

정확히 열이었다.

원주민들은 하나같이 불안에 빠진 표정으로 태양 일행을 바라보고 있었다.

"뭐, 그럽시다. 숙주인지 뭔지 들어가서 설명을 좀 들어 보죠."

안타깝게도 태양 일행은 공포 영화 클리셰를 벗어나지 못했다.

키에에에엑.

아마도 원주민이 '숙주'라고 지칭한 괴물들이 나타났다.

숙주의 몰골을 본 란이 저도 모르게 얼굴을 구겼다.

"으엑, 역겨워."

숙주라고 했으니, 한때는 인간이었던 것들일까.

인간의 형상을 절반 정도만 닮은 괴물들이었다.

─좀비인가?

─보통 좀비가 아닌데.

-와, 라면 물 올렸는데 다시 내려야겠다.

-윤태양 방송이 다이어트를 시켜 주네.

-ㅋㅋㅋ 윤태양 대단하네. 남의 뱃살도 신경 써 주고.

-에반데 ㅋㅋㅋ.

얼굴은 인간의 것인데, 피부가 죄다 벗겨졌다.

피가 뚝뚝 떨어지는 철심이 몸 곳곳에 꿰여 있고, 불끈거리는 선홍빛의 근육이 대기에 여과 없이 노출되어 있다.

그리고 기형적으로 커진 오른팔. 혹은 왼팔.

동공이 보이지 않는 흰색 눈동자.

"키에에에에에엑!"

침인지 피인지 모를 것을 튀겨 대면서, 약 다섯 마리의 좀비 비슷한 괴물들이 태양 일행을 향해 달려들었다.

반사적으로 태양이 앞으로 뛰어들었다.

괴물이 태양에게 흉물스러운 오른팔을 내려찍었다.

쿠웅, 진각을 밟은 태양이 마주 오른 주먹을 내밀었다.

초월 진각 - 선풍권(旋風拳).

콰지지직!

그렇지 않아도 흉물스럽던 괴물의 오른팔이 더 흉물스러운 몰골로 빠그라졌다.

"용사님!"

후두둑.

박살 난 괴물의 팔에서 혈액이 흩뿌려지다가, 이내 형태를 이뤘다.

메시아가 혈액의 제어력을 발휘한 탓이다.

"혈액은 인간의 것과 흡사해!"

살로몬이 되물었다.

"인간이라는 거야?"

"글쎄. 인간'이었던 것'이라고 표현해야 되지 않을까 싶군."

태양의 미간이 좁아졌다.

'무거워.'

샥스의 층에서 만난 플레이어, 원주민들은 손만 대면 가볍게 부서지는 느낌이었다.

태권도장에서 송판을 부수는 느낌이랄까.

하지만 이 녀석들은 아니다.

나무 장작을 패는 것처럼, 거칠고 단단하다.

예전 같았으면 손맛이 있다고 좋아했겠지만.

"키에에엑!"

자신이 당한 것도 아닌데 마치 자신이 당한 것처럼 고통에 찬 듯 소리를 질러 대는 괴물들.

이내 철심이 꿈틀거리더니 우두두둑 소리와 함께 박살 난 팔의 형상을 회복했다.

그 사이로 후두둑 떨어지는 핏물이 여간 그로테스크한 것이 아니었다.

"다 같이 공감해 주면 알아서 상처가 회복되기라도 하는 건가?"

"모르겠어. 확실한 건 생긴 게 정말 말도 못하게 역겹다는 거야. 이 스테이지, 내가 겪은 곳 중 역대 최악일 것 같은데?"

중얼거린 란이 부채를 휘둘러 괴물을 밀어냈다.

키에에에엑!

괴물은 풍술에 당하는 와중에도 위협적으로 팔을 내뻗었다.

"태양! 이 녀석들, 마력에 저항하는 것 같은데?"

낭풍(浪風).

콰드드득.

바람의 물결이 괴물을 짓이겼지만, 괴물은 버텨 냈다.

정확히는 괴물의 피부와 맞닿은 부분에 마력 마찰이 일어나 풍술의 위력을 경감시키고 있었다.

현상을 확인한 란이 인상을 썼다.

"확실해. 내 풍술에 저항해! 겉보기에는…… 거의 드래곤급. 성룡은 아니고 그 밑에 등급?"

"드래곤급이라고?"

"일단 마법 저항력에 한해서는!"

백색 절단.

후웅.

"키에에에엑!"

괴물의 목이 그대로 떨어져 나갔다.

뒤에서 태양 일행을 관찰하던 괴물들이 다시 한번 공감하듯 비명을 질러 댔다.

"한 번에 쓸어야 할 것 같은데."

태양이 나서려 하자 뒤에서 지켜보던 원주민들이 혼비백산하며 태양을 말렸다.

"안 됩니다!"

"그럼 저희 다 죽습니다!"

태양이 원주민들을 돌아봤다.

원주민 중에 대장으로 보이는 이가 식은땀을 훔치며 말을 이었다.

"2대 숙주는 소수로 움직이지만, 사냥이 아니라 전투로 인식하면 3대 숙주를 부릅니다. 3대 숙주의 숫자는 수백 마리가 넘습니다."

"그럼 어떡하자고? 어차피 저 녀석들을 잡지 않으면……."

"용사님 일행은 처음 보는 생물 종으로 인식해서 아마 관찰만 하려고 할 겁니다."

"뭐?"

"다른 차원에서 오신 존재이지 않습니까. DNA를 비롯해서 모든 구성 요소가 다르니, 아예 다른 생물로 판단할 겁니다."

"저 괴물들이 그런 걸 할 수 있다고?"

원주민이 마구 고개를 끄덕였다.

"자세한 건 안전지대로 가서 설명해 드리겠습니다."

원주민의 말을 틀리지 않았다.

목이 날아간 괴물이 회복하자 태양 일행에게서 거리를 벌린 괴물들은 한참이나 태양 일행을 관찰하다가 이내 돌아갔다.

태양이 원주민들을 돌아봤다.

"그럼 이제 안전지대인지 뭔지, 들어가서 얘기를 좀 들어 보자."

우르프는 다른 여섯 사람과 함께 사주를 경계하며 조심스럽게 태양 일행을 안내했다.

"흔적을 남기면 안 됩니다. 여긴 인류 최후의 희망이거든요."

"……우리보다는 그쪽이 더 신경 써야 할 것 같은데."

한참이나 사주를 경계하며 도착한 곳은 거대한 지하 쉘터였다.

기이이잉.

3m는 되어 보이는 철문이 열리고 커다란 생활공간이 나타났다.

대충 당장 보이는 것만으로도 약 300명가량의 사람들이 분주히 돌아다니는 지하 공간.

심지어 그 기반 시설들의 상태도 꽤 좋아서, 지구에서 영화로 표현되는 미래 공간에 와 있는 것 같았다.

밖이 거의 멸망 직전이라는 것을 생각해 보면 놀라울 정도다.

거대한 문이 열림과 동시에 수많은 사람이 태양 일행을 바라봤다.

하나같이 느껴지는 마나 파동은 쥐꼬리.

잘 먹지 못해서 삐쩍 꼴은 신체 발육 상황.

싸움은커녕 가만히 앉아서도 오늘내일할 것 같은 몰골이다.

"이제 정식으로 인사를 드려야겠군요, 용사님. 성함을 여쭤봐도 되겠습니까? 아, 제 이름은 우르프입니다."

"아, 나는 윤태양."

우르프는 자신의 세계에 대한 간략한 설명을 이어 갔다.

원주민들이 말하는 숙주는 지구인들에게 좀비라고 알려진 괴물과 그 특성이 흡사했다.

물리면 감염.

이성이 없고, 파괴욕 혹은 식욕만으로 행동한다.

물리 공격은 신체를 산산조각 낼 정도의 수위가 아니면 거의 통하지 않는다고 봐야 할 정도.

문제는 이 괴물이 베이직한 좀비가 아니라 괴수물에 나올 법한 좀비라는 거다.

신체 한 부위가 강화되거나, 초능력이 있거나 하는 식으로.

다른 말로 하자면 이 숙주라는 녀석들은 원주민들이 봐온 그 어떤 생명체보다 강했다.

"그러니까 어느 날부터 갑자기 저 '숙주'라는 녀석들이 나타났고, 그에 대항하기 위해서 슈퍼컴퓨터에 숙주 데이터를 집어넣고 그에 대항하는 병기를 만들었다?"

"네. 생체 병기였죠."

우르프의 표정은 좋지 않았다.

─일이 왠지 뻔하네.
─좀비를 모방 ─〉 또 다른 변형 좀비 탄생 ─〉 원래 좀비보다
더 강함 ─〉 인생 존망.

"저희가 개발한 건 정확히는 생체 슈트였습니다."

"생체 슈트?"

"저희는 요새에 거주하는 연구원들이었습니다만, 원래는 저
희 쪽에도 전투 인원이 있었습니다. 저희는 그들을 기사라고 불
렀죠. 용사님처럼 본신의 무력으로 숙주에게 대항할 수 있는 상
자들이었습니다."

그들은 연구원들이 준 생체 슈트를 입고, 그 강화 효과를 통
해 숙주와의 신체 레벨 격차를 좁혀 그들과 대항할 생각이었다.

그리고 안타깝게도, 일은 시청자들의 예상처럼 흘러가 버렸
다.

생체 슈트를 착용한 기사들이 감염되어 버린 것이다.

"……우리는 그들을 2대 숙주라고 부릅니다."

"2대 숙주라면."

"예. 저희가 방금 마주쳤던 괴물들이지요."

이야기를 듣던 살로몬이 끼어들었다.

"그 숙주라는 녀석들이 갑자기 나타난 건가?"

신전의
원코인
클리어

치익.

살로몬이 시가에 불을 붙이며 물었다.

"예. 정말로 어느 순간부터……라고 하더군요. 최초로 발견이 기록된 곳은 요새와 인접한 바다 부근인데, 아마 최초 발상지가 그곳은 아닐 겁니다. 숙주들은 수로보다는 육로를 통해 이동하는 습성이 있거든요."

우르프와 다른 연구원들이 숙주를 최초로 발견했을 때는 이미 바다에서 등장할 정도로 일이 진척된 상황이었을 가능성이 컸다.

"그 숙주 생체 슈트라는 무기를 개발한 연구원은?"

자칫하면 동료 중 하나를 범인으로 지목할 분위기이기 때문일까.

우르프가 흠칫 놀랐다.

하지만 살로몬의 질문은 타당했다.

만약 이 숙주 역병 사태가 자연 발생한 게 아니라 인공적인 무언가일 가능성도 있었으니까.

무엇보다, 태양 일행이 떨어진 이 차원은 푸르카스가 차원 침략을 위해 어느 정도 밑 작업을 해 둔 차원이다. 역병이 푸르카스의 짓일 가능성도 아예 없지는 않다는 이야기다.

어느 순간, 원주민들이 연원도 알지 못한 채 숙주 역병이 돌았다.

솔직히 푸르카스를 의심하지 않기가 더 어려운 상황이었다.

우르프는 한참이나 말을 우물거렸지만, 태양 일행이 완고한 기색으로 그를 바라보자 이내 입을 열었다.

"죽었습니다. 정확히는 자살했습니다. 생체 슈트를 개발한 연구원, 그러니까 연구소장님은 기사의 아내였거든요."

처음으로 개발된 생체 슈트 착용자는 최초의 2대 숙주가 되었고, 숙주가 되어 버린 남편을 본 연구원은 그 자리에서 제 관자놀이에 총을 대고 방아쇠를 당겼다.

－어…
－갑자기 분위기 탈룰라…
－3초 안에 사과하면 됨.
－뭘 돼 ——.

우르프는 자살한 연구소장의 동생이라는 모양이었다.

다만 연구소장과는 부서가 완전히 달라서 소장의 연구에는 전혀 개입하지 못했다고 했다.

"……미안해. 좋은 기억은 아니겠네."

"그래도 역병을 퇴치하고 요새를 수복하려면…… 어쩔 수 없지 않겠습니까."

"그럼, 너희들은 자력으로 숙주에게 대항할 수 없는 건가?"

"대항을 할 수는 있습니다. 하지만 전면적으로 싸우기에는 지속력에 너무 차이가 나서."

태양이 원주민들의 피골이 상접한 몰골을 보며 고개를 끄덕였다. 수백의 인구가 지하에서 생활하는 데 식량 보급이 원활할리가 없었다.

　메시아가 우르프에게 물었다.

　"우리를 용사라고 부르더군."

　"예."

　우르프가 바닥을 보며 머뭇거렸다.

　우르프의 누나가 생체 무기 공학 관련 연구자였다면, 우르프는 운송 수단, 그것도 마나를 이용한 워프 게이트에 대해 연구하는 연구원이었다.

　"요새 중심부에 있는 10세대 슈퍼컴퓨터는 사용하지 못했지만, 다행히도 주변에 반파된 3세대 슈퍼컴퓨터가 남아 있었습니다. 컴퓨터의 연산 장치를 기반으로.."

　"아, 설명은 됐어."

　우르프의 말을 정리하자면, 3세대 슈퍼컴퓨터라는 것으로 '일정 이상의 무력을 가진' 지성 생명체를 탐색, 공간 전이하는 기계를 만들었다.

　당연히 마나 분포나 집약력 등을 기준으로 숙주를 상대할 수 있는 생명체가 흔할 리 없었다.

　우르프의 기준에서도 말도 안 되는 실험이었다고 했다.

　성공률이 0에 수렴하는, 말 그대로 하늘에 대고 기적을 구걸하는 수준의 실험이다. 심지어 그렇게 소환한 지성 생명체가 그들을 도와줄 이유는 없었다.

그런데 그것이 성공했다.

그것도 여러 번.

심지어 그들은 원주민들을 도와 숙주를 처리하는 것을 도와주기까지 했다.

"우리 이전에도 온 사람들이 있었다고?"

"예. 실패하긴 했지만……."

"실패한 사람들은?"

"……죽었습니다."

태양 일행이 서로 눈빛을 교환했다.

—푸르카스네.

—마왕이 보낸 듯?

—ㅇㅇ.

—얘도 좀 의심해 봐야 될 듯. 마왕 따까리일지도 모르잖아.

—ㄹㅇ.

란이 물었다.

"그래서, 우리가 뭘 하면 되죠?"

"……가장 먼저 부탁드릴 것은…… 식량 문제입니다. 요새에 식량이 대량으로 비축된 창고가 있습니다."

가장 먼저 부탁드린다.

부탁할 일이 한두 가지가 아니라는 이야기다.

우르프도 부끄러운 줄은 아는지 땅바닥에 시선을 꽂고 들지를 못하고 있었다.

살로몬이 고개를 갸웃거렸다.

"올 때 마주쳤던 괴물들 빈도를 생각하면, 소수 정도는 움직일 만한 것 아닌가?"

"요새 근처로 갈수록 숙주들이 많아집니다. 원인은 아직 저희도 밝히지 못했는데, 슈퍼컴퓨터에 생체 슈트 생산 프로세스가 입력되어 버렸습니다."

"그러니까, 저 요새 중심부에서 숙주 생산 키트를 계속 만들고 있다고?"

"……예. 거기에 더해서 생산한 생체 슈트를 아무도 사용하지 않자 슈퍼컴퓨터가 스스로 판단해 생체 슈트를 착용할 인공 생명체도 개발해서 그들에게 착용시키고 있습니다."

―슈퍼컴퓨터가 숙주 본체네.

―역병의 근원. 슈퍼컴퓨터?

―아마 맞는 듯.

"인공 생명체가 생체 슈트를 착용한 것이 3대 숙주입니다."

우르프의 설명을 들은 태양이 머리를 긁적였다.

"그러니까, 1대 숙주, 2대 숙주, 3대 숙주가 있다는 거네?"

"예. 평균적인 무력은 2대 숙주가 가장 강하고, 3대 숙주는 2대 숙주의 다운그레이드 버전이라고 생각하시면 됩니다."

"1대 숙주는?"

"……개체에 따라 다릅니다. 자연 발생한 개체라서 그런지 능력이 천차만별입니다. 아마도 가장 강력한 개체는 1대 숙주에 있을 겁니다. 다만 약한 개체도 분명 존재하기 때문에 평균적인 능력은 2대 숙주를 약간 밑도는 수준이라고 보시면 됩니다."

"변수는 1대 숙주라는 놈들이 가장 높고. 따로 구분할 수 있는 방법이 있나?"

태양의 말에 우르프가 고개를 끄덕였다.

"2대 숙주는 인간의 모습을 했고, 신체 일부분이 과도하게 발달해 있습니다. 생체 슈트를 장착한 부분이죠. 팔, 다리 등등이요. 3대 숙주는 2대 숙주와 모습이 같은데, 더 작습니다. 2대 숙주와 모습은 동일한데, 어린아이의 체형이라고 보시면 됩니다."

"어린아이라."

말만 들어도 끔찍한지 란이 인상을 찌푸렸다.

"그리고 1대 숙주는…… 역시 인간의 모습을 베이스로 했는데, 변이한 모습이 보다 더 원시적입니다."

원시적.

어떤 느낌인지 알 것 같았다.

2대 숙주의 오른팔에는 철심과 같은 것이 박혀 있었다.

그나마 인공적인 무언가를 느낄 수 있었다는 느낌.

"너희가 우리한테 최종적으로 부탁하고 싶은 건, 도시 중앙에 있는 슈퍼컴퓨터를 파괴하는 건가?"

메시아의 말에 우르프가 깜짝 놀라며 손사래를 쳤다.

"아뇨! 파괴라니요! 10세대 슈퍼컴퓨터는 인류의 마지막 희망입니다."

"희망이라고?"

"잠시 오작동을 일으키긴 했지만, 저희 세계의 원래 문명 수준을 복구하려면 10세대 슈퍼컴퓨터는 반드시 필요합니다. 슈퍼컴퓨터에 저장되어 있는 데이터베이스만 확보해 주시면 됩니다. 게다가 파괴하는 것보다 오류를 고치는 게 훨씬 쉬울 겁니다. 10세대 슈퍼컴퓨터는 방어기제가 강력하게 설정되어 있어서…… 잘못하다간 요새가 통째로 날아갈 정도의 대규모 폭발이 일어날 겁니다."

란이 작은 목소리로 태양에게 물었다.

"10세대 슈퍼컴퓨터가 푸르카스의 목표일까?"

"역병의 근원을 퇴치하라고 했잖아. 단어만 보면……."

"기계는 부숴 봤자 재조립하면 그만이잖아."

"하긴. 그건 그래. 기계에서 사실상 가장 중요한 건 설계도이긴 하지."

우르프의 세계는 분명 기술이 압도적으로 발전한 문명인 것 같기는 했다. 말하는 것을 들어 보면 푸르카스의 도움을 받긴 했더라도 차원 미궁과 자신들의 차원을 일순간 자력으로 연결한 것도 맞는 것 같고.

하지만 아직 확실한 건 아무것도 없었다.

속단은 금물이다. 특히 마왕 정도 되는 강력한 존재를 상대로 한 수작인 만큼 더욱 그렇다.

"데이터베이스만 빼 주시면, 저희가 다른 낮은 세대의 슈퍼 컴퓨터를 통해 역병의 해답을 찾아낼 수 있을 겁니다."

솔직히 이쯤 되니 우르프가 뻔뻔하게 느껴졌다.

─이거 왜 어디서 본 거 같지.

─rpg 게임 전형적인 전개 아니냐. 노예 이름을 용사라고 지었냐고 ㅋㅋ.

─용사여. 배가 고프니 밥을 좀 지어 오게. 아, 물론 고기반찬은 기본일세.

─아니 ㅋㅋㅋㅋ 용사님한테 맛있는 밥 한 끼라도 먼저 대접하는 게 순서 아니냐고 ㅋㅋㅋㅋ.

─그만큼 급하시다는 거지~.

─ㄹㅇㅋㅋ.

태양이 주변을 둘러봤다.

태양 일행을 마지막 희망으로 여기고 있는 차원의 원주민들.

거듭된 실패 때문인지, 염려와 의심의 눈빛도 보인다.

신전의
원코인
클리어

―……좀 불쌍한 것 같기도 하고.

―이건 빈곤 포르노도 아니고 실제로 이렇다는 거잖아.

―ㄹㅇ 저기에서 태어난 애들은 무슨 죄냐.

후욱.

연기를 내뱉은 살로몬이 중얼거렸다.

"……사실 이 녀석들도 불쌍한 처지이긴 하지. 푸르카스가 벌인 차원 침략 때문에 이리 치이고 저리 치이는 녀석들인데."

태양은 잠깐 고민했다.

그리고 이내 결정했다.

"일단 그 식량 창고라는 곳, 한번 쓸어 보자."

란이 물었다.

"굳이 식량 창고를 탈환해 줄 필요가 있나?"

살로몬이 되물었다.

"뭐?"

"식량 창고는 굳이 따지자면 우리가 필요해서 하는 일이 아니잖아. 원주민들이 필요해서 하는 일이지."

태양이 손을 내저었다.

"꼭 그렇게만 볼 필요는 없잖아."

식량 창고를 털기로 한 것은 이성적인 결정이었다. 물론 란이 하는 이야기가 아주 이해가 되지 않는 것은 아니다.

하지만 일단 기분이 좋지 않았다.

태양 일행은 플레이어고, 원주민들의 일을 도와주기 위해 온 것은 맞다. 하지만 그런 도움을 당연한 것으로 취급해 버리면 당연히 기분이 나빠질 수밖에 없다.

'그렇지만 이런 감정과 판단은 별개의 문제지.'

기분 나쁘다고 할 일을 안 할 수는 없다.

할 일은 할 일이고, 기분은 기분이다.

기분 따라 해 줬으면 태양에게 지인의 구출, 생사 확인을 요청했던 수많은 사람의 요청을 다 해 줬겠지.

마찬가지로 원주민들이 영양실조에 시달리는 건 태양이 행로를 결정한 것과 별개의 문제였다.

태양 일행이 고려해야 할 사항은 명확했다.

식량 창고를 탈환하는 일이 태양 일행의 목표에 부합하는가.

태양 일행의 목표는 두 가지였다.

스테이지를 클리어하는 것. 그리고 이 스테이지에서 푸르카스가 원하는 것이 무엇인지를 알아내서 그와 거래를 하는 것.

목표를 위해선 원주민들이 숙주라고 부르는 괴물이 어떤 존재인지 더 잘 알 필요가 있었다. 그리고 이왕 알아본다면 원주민의 입을 통해서가 아니라 직접 겪어 보는 편이 나았다.

스테이지의 원주민들 역시 푸르카스에게 지배당하고 있을 가능성도 아예 배제할 수는 없었으니까.

"이번에는 스테이지를 빨리 클리어하기보다는 놓치는 요소가 없는 게 더 중요해."

신컨의
원코인
클리어

식량 창고 탈환을 결정한 이유는 두 가지다.

첫 번째, 식량 창고의 숙주를 통해서 '숙주'라는 괴물들의 전투력을 대략적으로나마 가늠하기 위해서.

두 번째, 쉘터에 모여 있던 사람들은 가용 전투 병력으로 만들기 위해서.

우르프는 쉘터 안의 사람들이 전투 지속력, 즉 체력이 안 되어서 전투를 할 수 없는 여건이라고 말했다.

태양 일행이 식량 창고를 탈환해서 어느 정도 상태를 회복하면 막말로 고기 방패라도 해 줄 수 있다는 이야기다.

태양 일행을 안내하던 우르프가 폐허가 된 건물 한쪽을 가리키며 작은 목소리로 중얼거렸다.

"이쪽입니다."

요새로 다가갈수록 괴수들이 나타나는 빈도가 눈에 띄게 늘었다.

"확실히 몰래 식량 창고에 드나드는 건 어려워 보이는군."

"아무래도 그렇지요."

식량 창고의 안내 역할로 나온 원주민은 우르프 한 명이었다. 우르프와 함께 왔던 몇몇 원주민도 따라오고 싶어 했으나 태양이 거절했다.

"실은 며칠 전까지만 하더라도 몇몇이 식량 창고에서 식량을 가져왔습니다. 숙주들이 많다고는 하지만, 어떻게든 눈을 피해 움직이자면 할 수는 있으니까요. 바로 지금처럼요. 훔친 식량은 그렇게 많은 양이 아니었지만, 그 덕분에 어떻게 지금까지 연명할 수 있었죠."

"그런데 지금은? 아, 변고라도 당한 건가."

우르프가 고개를 흔들었다.

"아뇨. 녀석들이 학습했습니다."

"학습?"

"식량이 줄어들고 있다는 사실을 알아채고 대책을 세우더군요. 그것도 저희 동선을 정확히 예측해서요. 희생자가 나지 않아서 다행이었죠. 다른 루트도 몇 더 있긴 했습니다만, 녀석들이 더 제대로 된 방비를 하면 지금처럼 대대적으로 탈환을 할 때 문제가 될 것 같아서 그만뒀습니다."

태양이 되물었다.

"녀석들은 본능에 따라 움직이는 괴물이라고 하지 않았어?"

"맞습니다. 짐승에 가까운 지성을 가진 '인공지능'이지요."

그들이 습득하는 정보는 그들의 창조주인 10세대 슈퍼컴퓨터와 호환됐다.

"아까 2대 숙주들이 덤비지 않은 이유도 마찬가지입니다. 죽으면 슈퍼컴퓨터로 정보를 옮기지 못하니까요."

쿠드득.

주변을 주의 깊게 확인한 우르프가 낡아 반쯤 녹이 슨 철문을 부수듯이 열었다.

−개구멍이네.

−ㄹㅇㅋㅋㅋ.

−기술이 발전해도 결국 개구멍은 남는구나.

식량 창고에서 빠져나온 냉기가 빠르게 대기로 퍼져 나갔다.

"빨리 들어오는 게 좋습니다. 온도가 조금만 낮아져도 침입자가 있다는 사실을 눈치챌 겁니다."

우르프의 말은 얼마 지나지 않아 사실로 드러났다.

"……죄송합니다. 그사이에 감시 체계에 변화가 있었던 모양입니다. 최근에 오지 않아서 놓쳤습니다."

"그건 괜찮아. 그나저나, 괜찮겠어?"

우르프가 결연하게 고개를 끄덕였다.

"괜찮습니다. 용사님에 비하면 못하지만, 저도, 저희도 나름대로 산전수전 모두 겪은 1인분 병사입니다."

우르프가 총을 꺼내 들었다.

파칭.

소리와 함께 장전되는 총.

척 봐도 흔히 볼 수 있는 종류의 무기는 아니었다.

"플라즈마 탄을 사용하는 에너지 소총입니다. 기능에만 집중한, 전형적인 비효율적인 고화력 무기죠."

"플라즈마 탄?"

플라즈마 에너지라는 새로운 용어의 등장에 란과 살로몬이 동시에 관심을 보였다.

"요새 전체에 오십 정이 채 보급이 안 된 무기입니다. 다른 일반적인 총은 숙주에게 제대로 된 피해를 입히지 못하더군요."

"호오."

하지만 상황이 상황인지라 대화는 그것으로 끝이었다.

그들의 호기심은 전투가 끝나고 쉘터로 돌아가서야 풀리리라.

"그나저나 1인분이라."

제 몫은 다하지만, 판을 뒤엎지는 못한다.

자긍심과 자조가 동시에 섞여 있는 단어 선택처럼 들렸다.

적어도 태양이 느끼기에는.

[머신 PUNMFV-3000 활성화]

[마나를 소모하여 근력, 맷집, 민첩 중 하나의 시너지를 선택해 시너지의 등급을 한 단계 높입니다.]

[맷집의 시너지가 '6'으로 조정됩니다.]

크르르르르.

태양이 PUNMFV를 활성화하는 동시에 어린아이의 몸집에 흉측한 촉수가 꿈틀거리는 괴물, 3대 숙주가 달려들었다.

-사람보단 고블린처럼 생겼네.

-일단 개 못생겼음.

-촉수 ㄴㅜㅑ…

-히토미 꺼라.

-그딴 상상 외 하는 거임? 개 역겹게.

-님 맞춤법도 만만찮은 듯.

-제발 진지하게 보시면 안 돼요? 누구는 목숨 걸고 싸우고 있는데…

-응. 난 아니야 ㅎㅎ.

-오늘따라 채팅 창 더럽네.

"빨리 끝내야 합니다. 그렇지 않으면 더러워진 전장에서 '그 녀석'을 상대해야 합니다!"

"확인."

'그 녀석'.

식량 창고에 자리를 잡은 1대 숙주 이야기다.

정의행(正義行) 1식 – 통천(通天): 윤태양식(式) 어레인지.

콰드득.

태양의 마나 회로를 시원하게 긁으며 뻗어 나간 통천이 전방의 3대 숙주 3마리를 동시에 압사시켰다.

키에에에엑

3대 숙주는 죽어 가며 사방에 점액질을 흩뿌렸다.

초록기가 도는 노란색의 점액질은 끔찍한 악취를 풍겨 대며 닿는 모든 것을 녹였다.

"피해야 합니다!"

"말 안 해도 알아!"

질감과 냄새.

3대 숙주가 흩뿌리는 점액질은 생명체라면 발작적으로 거부 반응을 일으키게끔 만들어져 있는 물질 같았다.

우르프의 말에 따르면 식량 창고에 서식하는 3대 숙주가 가지는 특성이었다.

채팅 창이 더럽다고 했었나.

빌어먹을. 거기가 아무리 더럽다 한들 전장에 비견될까 싶다.

태양은 순간 진심으로 살로몬과 란이 부러워졌다.

특히 란.

점액질을 바람으로 쫙쫙 밀어내는 모습이 얄밉기 그지없다.

심지어 밀어낸 점액질이 태양 주변에 철퍽거리며 뿌려지기까지.

"빌어먹을. 나도 마법인가 뭔가 배우고 만다!"

"욕심은. 하던 거나 마저 하지?"

윈드 크래프트(Wind Craft).

우웅.

카드를 통해 바람 계열 마나를 강화하는 스킬을 사용한 란이 부채를 휘둘렀다.

풍아(風牙).

콰드드드득!

키에에엑!

또 1마리의 3대 숙주가 분쇄되고, 란이 창출해 낸 자리로 우르프가 뛰어들었다.

앞에도 십여 마리의 3대 숙주가 있었으나.

플라즈마 입자포 개방.

쮸우웅!

우르프의 총구에서 무려 스킬화에 다다른 광선이 뻗어 나갔다.

광선에 노출된 3대 숙주는 그대로 재가 되어 사라졌다.

태양의 무공도, 란의 풍술도, 메시아의 스킬과 살로몬의 마법도 해내지 못한 일이었다.

태양 일행이 놀랄 겨를도 없이 우르프가 외쳤다.

"이쪽입니다! 최대한 3대 숙주를 따돌리고 '그 녀석'을 상대해야 합니다!"

그림자 이동을 통해 우르프 옆으로 이동한 메시아가 되물었다.

"숙주들 숫자가 너무 많은데, 가능한가?"

"가능합니다! 3대 숙주도 녀석을 피하니까요?"

'그 녀석'이 태양 일행을 찾아 습격하는 상황이 나오는 것만 아니라면 가능하다.

란이 밀어내고, 살로몬이 연기로 공간을 통째로 봉쇄하는 사이 우르프는 온갖 개구멍을 통해 식량 창고를 쏘다녔다.

　　–확실히 자주 와 보긴 했나 보네.

　　–거의 쥐새끼;

　　–이 정도면 쥐새끼 자격증도 줘야 할 듯.

　　–ㄹㅇㅋㅋ.

　　그리고 우르프가 그렇게 부르짖던 '그 녀석'이 나타났다.

　　대략 3m가량 되어 보이는 키.

　　동그랗게 튀어나온 배와 압도적인 덩치.

　　그리고 거대한 머리와 머리 절반을 차지한, 더 거대한 용적
의 입.

　　클클클클클클.

　　놈의 형광색으로 빛나는 초록빛 눈동자가 반달로 접혔다.

　　동시에 일행의 뒤편에서 3대 숙주 무리가 나타났다.

　　크르르르르.

　　크르르르르르!

　　키라라라라라라락!

　　'그 녀석'을 발견한 3대 숙주 무리가 비명을 질렀다.

　　우르프가 말한 대로 놈을 두려워하는 것 같았다.

　　하지만 태양 일행에 대한 적개심이 더 큰 것인지, 도망치지
는 않았다.

우르프가 식은땀을 뚝뚝 흘려대며 중얼거렸다.

"말씀드렸다시피, 3대 숙주를 녀석 근처에 접근시키면 안 됩니다."

우드득.

가볍게 목을 꺾은 태양이 그대로 녀석에게 달려들었다.

"녀석 근처에 3대 숙주를 접근시키면 안 된다. 또 뭐 있었지?"

─잡히면 안 된다. 신체 일부라도 잡아먹히면 안 된다. 머리카락 한 올이라도. 그리고…….

"싸울 때 중요한 건 그 정도였지. 됐어."

복잡한 계산이나 예상, 변수 창출은 무력이 부족할 때나 하는 짓이다.

태양은 동 층에서 비교할 수 없을 만큼 압도적인 메카닉을 가졌고, 마왕을 일순간이지만 압도할 만한 테크닉 또한 가졌다.

"무력으로 때려 누르면 그만이지!"

지난 3층을 클리어하면서 확실하게 느꼈다.

Simple is the best.

간단한 게 최고다.

물론 아예 아무런 생각 없이 달려든 건 아니다.

살로몬과 란이 3대 숙주가 들어오는 길목을 완벽하게 차단하고, 안개화한 메시아가 주변을 빠르게 색적하여 다른 변수를 차단했다.

말하자면 완벽한 일대일 상황을 만들었다.

오직 태양의 무력만 믿고.

정의행(正義行) 1식 - 통천(通天): 윤태양식(式) 어레인지.

콰드드드드득.

놈이 태양의 주먹을 한 손으로 받아 냈다.

손목의 인대가 박살 나고, 손바닥의 살점이 터져 나가고, 손등의 힘줄이 터져 나갔지만, 받아 냈다.

"이걸 받아?"

태양의 눈썹이 휘었다.

콰드드득.

태양의 박살 난 숙주의 손을 마주 붙잡았다.

터져 나간 살점 특유의 역겨운 감촉이 감각 세포 단말을 통해 전해져 오지만, 이는 익숙한 역겨움이다.

쿠웅.

진각을 밟은 태양의 발치에서 마나가 뻗어 올라왔다.

스타버스트 하이킥(Starburst High Kick) - 캐논 폼(Canon Form).

초근거리에서 발출된 광선이 숙주의 기괴하리만치 큰 아가리에 꽂힌다.

"키에에에엑!"

입가에서 연기가 피어올랐다.

하지만 이 지독한 맷집의 괴물은 아직도 쓰러지지 않았다.

쿠웅.

태양이 데미지를 추스르지 못한 채 균형도 잡지 못한 숙주의 품속으로 뛰어들었다.

그 모습을 본 우르프가 대경해서 소리를 질렀다.

"용사님!"

초월 진각 – 선풍권(旋風拳).

꽈앙.

태양의 주먹에 정면으로 충돌한 숙주의 상반신이 움푹 파였다.

태양을 잡아채려던 숙주의 팔이 움찔, 행동을 멈췄다.

정의행(正義行) 2식 – 관심(貫心): 윤태양식(式) 어레인지.

콰지지직.

숙주의 가슴에 주먹만 한 구멍이 생겼다.

뒤늦게 변고를 깨달은 숙주가 어떻게든 반항하려 하지만.

정의행(正義行) 4식 – 천굉(天轟): 윤태양식(式) 어레인지.

쩌어어어엉.

드래곤 하트 2개분의 마나를 머금은 태양의 주먹이 숙주의 상체를 그대로 분쇄했다.

압도적인 마나 용적이 숙주의 신체를 분해해 공기 중으로 흩어 버렸다.

투둑.

뻥 뚫려 버린 상체.

위에서 일어난 일을 모르는 듯, 굳건히 서 있는 하체.

그리고 바닥으로 굴러 떨어지는 머리.

"끄, 끝?"

우르프의 눈이 휘둥그레졌다.

그때.

숙주의 머리에서 전기가 새어 나와 어디론가 연결됐다.

클클클클클클클.

숙주가 거대한 입을 찢어 가며 가래가 낀 역겨운 목소리로 웃었다.

"부, 부활인가?"

"어허!"

우르프의 대사가 클리셰를 자극할 뻔했지만, 다행히도 바람 빠지는 소리와 함께 웃음이 멎어들었다.

전기가 이어졌던 경로를 올려다보던 태양이 입꼬리를 삐뚜름하게 올렸다.

"이거 봐라?"

숙주, 통칭 '그 녀석'의 몸에서 흘러나온 번개는 건물 천장을 타고 흩어졌다.

"죽이면 정보를 전달할 수 없다고 했는데, 이런 경우엔 전달이 되었다고 보는 게 맞겠지?"

"……그렇다고 생각하고 움직이는 게 아무래도 현명한 선택인 것 같습니다."

고개를 끄덕이는 우르프.

콰득.

태양이 손을 뻗어 우르프의 목을 붙잡았다.

"커헉!"

우르프의 발이 지상과 30cm가량 떨어졌다.

순수 악력만으로 이루어지는 차력.

산소가 공급되지 않아 순식간에 얼굴이 시뻘게진 우르프가 태양의 손목을 붙잡았다.

갑작스러운 태양의 행위에도 메시아와 란, 살로몬은 아무런 반응을 하지 않았다.

태양이 대장이라서 그런 것은 아니었다.

그들도 느꼈겠지.

"뭐냐?"

"크, 크학! 소, 손! 손을 먼저!"

"이거 뭐냐고."

쿠당탕.

바닥에 나동그라진 우르프가 목을 잡고 연신 숨을 내쉬었다.

"가, 갑자기 왜 이러시는 겁니까!"

상당히 억울해 보이는 기색.

태양이 입을 열었다.

"솔직히 푸르카스의 마나가 어떤 질감을 가지고 있는지는 몰라. 어떤 특성을 가지고 있는지도 모르고."

"예? 그게 무슨……."

"그런데 말이야. 나는 이 숙주라는 녀석들이 푸르카스가 벌인 수작이라고 생각하거든?"

그럴 수밖에.

척 보기에도 이번 스테이지에서 메인 빌런은 슈퍼컴퓨터와 숙주다. 푸르카스가 원주민들의 세계에 어떤 수작을 부렸다면 당연히 숙주와 관련됐다고 예상하는 게 옳다.

"그런데 방금 숙주 놈이 죽으면서 뿜어낸 번개. 플라즈마 에너지인지 뭔지랑 거의 99% 유사도로 닮았거든."

솔직히 닮았을 가능성도 있다.

우르프의 말에 따르면 숙주는 원주민들의 실수로 개발된 실패한 병기였으니까.

"애초에 1대 숙주 중에서 플라즈마를 사용하는 개체는 발견된 적이 없습니다. 정말로! 하늘에 맹세코!"

우르프는 퍽 억울한 기색이었다.

태양은 얼굴빛 하나 변하지 않고 우르프를 몰아쳤다.

"그럼 이게 어떻게 된 상황인지 설명을 해 봐. 네놈은 1대 숙주가 자연 발생했다고 말했잖아. 그리고 플라즈마에 관한 이야기는 하지 않았지. 아니, 전투 직전에 총에 관해 언급하면서 잠깐 했지. 너희 원주민들이 개발한 '에너지원'이라고. 아닌가?"

"플라즈마랑 숙주 간의 관계는 저희도 전혀 몰랐습니다."

"전투 한 번 만에 나오는 진실을 너희는 몰랐다? 그게 말이 된다고 생각해? 너희들이 개발했다는 플라즈마 에너지. 자연 발생했다는 숙주가 플라즈마 에너지를 사용하네? 자, 내가 너를 의심하지 않아야 하는 이유를 말해 봐."

쿠웅.

2개의 드래곤 하트에서 뿜어져 나오는 미증유의 마력이 우르프를 압박했다.

우르프는 사색이 되어 무릎을 꿇은 채 소리쳤다.

"정말, 정말로 몰랐습니다. 플라즈마에 관련된 이야기를 먼저 말씀드리지 않은 건 죄송합니다. 다른 것도 전부 말씀드리겠습니다. 제발 믿어 주세요. 저는…… 저희는 용사님들을 음해하거나 하려는 생각은 없습니다. 상식적으로 그럴 이유가 없지 않습니까! 용사님들은 저희를 돕기 위해서 이곳에 와 주셨는데."

-엥. 이거 진짜 억울해 보이는데.

-근데 윤태양 입장에서 의심을 안 할 수가 없음.

-원주민들이 마왕이랑 붙어먹었으면 거래고 뭐고 죄다 애로 사항이 꽃피는 거지.

-그거 말고도 태도가 좀 고깝긴 해.

우르프의 태도는 일견 진실 되어 보였다.

태양도 인정하기로 했다.

그래 몰랐을 수도 있지.

하지만 이 기회에 다른 문제도 해결하기로 했다.

태양 일행과 원주민들과의 관계.

이미 다른 플레이어들이 몇 번이나 스테이지에 왔고, 실패했다. 그리고 그 과정에서 우르프를 비롯한 원주민들은 플레이어가 그들을 도와야만 한다는 사실을 학습했다.

그것을 이용한 결과물이 바로 이번 식량 창고 탈환 작전이다.

부끄러운 줄 아는 것은 좋으나, 이들은 생존을 위해 부끄러움을 무릅쓰고 자신들의 편의를 위한 부탁을 했다.

"이번 한 번이야 웃으면서 눈감아 줄 수는 있지. 우리도 스테이지에 감을 잡을 시간이 필요했으니까."

하지만 그것도 이번 한 번뿐이다.

태양의 인내심은 넓지 않았다.

이럴 때 가장 편한 방법은 서열 정리를 확실히 하는 거다.

너는 밑. 나는 위.

없는 이야기를 하는 것도 아니다.

있는 그대로의 진실을 되새겨 주는 거지.

"숨기는 거 없어. 너희 필요는 최소한으로. 우리 편의는 최대한으로. 어? 쉽게 가자고."

이전까지 봐 왔던 플레이어들과 확연히 다른 태도.

우르프가 연신 고개를 끄덕였다.

"예, 예."

"쓸모가 있는지 없는지는 우리가 결정하니까 일단 알고 있는 이야기는 다 까. 혹시나 너희가 알려 주는 정보가 왜곡되었거나, 진실이 아니거나, 너희 편의를 위해 일부분만 전달되었다거나 하면…… 알지?"

말은 기었지만 말의 의도를 축약하자면 간단했다.

알아서 기어.

뒈지기 싫으면.

"예, 예."

우르프는 다시 한번 연신 고개를 끄덕였다.

⁂

"감사합니다."

"감사합니다, 용사님!"

그나마 움직일 기운이 남아 있는 젊은 남자들이 태양 일행을 보고 연신 고개를 숙였다.

숙주 무리를 몰아낸 후 식량을 나르러 온 사람들이었다.

우르프가 태양에게 다가왔다.

"왜? 다른 문제가 있나?"

"다른 문제는 없습니다. 말씀드려야 할 것 같아서…… 창고에 원래 적재되어 있던 식량의 절반밖에 없습니다."

"절반? 숙주인가 뭔가 하는 녀석들은 죽은 생명체를 섭취하지 않는다고 하지 않았나?"

"맞습니다. 섭취하지 않습니다."

우르프가 고개를 끄덕였다.

"섭취하지는 않지만……."

"다른 게 있나?"

"짐작이 가는 바는 있습니다."

아무리 슈퍼컴퓨터라도 무에서 유를 창조할 수는 없다.

그리고 지금 요새에는 어느 순간 등장한 생명체들이 있었다.

"저는 사라진 식량들이 인공 생명체를 만드는 데 사용되었을 가능성이 크다고 봅니다."

"인공 생명체?"

"직접 보시지 않았습니까."

살로몬이 중얼거렸다.

"3대 숙주를 이야기하는 것이로군."

"예."

그리고 인간의 감수성이 없는 슈퍼컴퓨터에게 탄수화물과 단백질, 지방이 가득한 식량은 새 생명을 만들기에 더없이 훌륭한 재료였다.

"웃기는군. 슈퍼컴퓨터는 인간을 죽이기 위해 숙주를 만드는 거 아니야? 그런데 식량을 절반이나 남겨 놨다고?"

"그렇게 프로그래밍되어 있으니까요."

우르프는 애당초 숙주도 인간을 죽이기 위해 만들어 내는 게 아니라고 생각했다.

"그럼 뭔데?"

"……모릅니다. 아마도…… 그걸 알아내면 모든 문제를 해결할 수 있을 겁니다."

셸터로 돌아온 란과 살로몬이 우르프의 무기를 확인했다.

정확히는 플라즈마 에너지를 살펴봤다.

"플라즈마 에너지. 이건 마나랑 완전히 다른 체계의 기운이군."

말하자면 원주민들의 차원에서만 나는 고유한 에너지인 모양이었다.

"플라즈마 에너지. 이게 푸르카스가 원했던, '권능'의 씨앗일까?"

태양은 단탈리안과의 대화를 떠올렸다.

⁂

"마왕이 차원에서 채굴하는 것은 권능입니다."

"권능? 차원 미궁에서 레전드 카드로 통하고, 후원을 통해 얻을 수 있는 그거?"

"예. 당신이 얻은 신룡화와 같은 것이죠. 제가 드린 신성도 마찬가지입니다."

권능은 차원의 규모에 따라 작게는 1개에서 시작해 수십, 수백 개가 있는 경우도 있었다.

"그리고 여러 개가 있는 만큼 형태도 다양하죠. 검술, 마법과 같은 기술의 형태를 한 것도 있고, 드래곤 하트와 같이 에너지의 형태를 한 것도 있죠."

"네가 준 신성이나 신룡화가 두 번째 부류에 속한다고 보면 되나?"

"맞습니다. 그리고 흔하진 않지만, 지구로 따지자면 USB나 하드웨어에 저장된, '정보'의 형태인 권능도 있습니다."

마왕이 차원을 채굴한다.

어떻게든 차원에 숨어 있는 권능이 될 가능성을 지닌 '무언가'를 찾고, 그것을 습득한다는 이야기였다.

그것은 용사의 신체가 될 수도 있고, 고대 시대에서부터 내려오는 어떤 기술일 수도 있으며, 강력한 에너지원일수도 있고, 혹은 어떤 정보일 수도 있다.

"마왕들이 차원을 침략하며 가장 고심하는 건 권능이 될법한 에너지를 찾는 방법이죠."

지구급의 거대 규모 차원이 아닌 이상 차원에서 영향력을 행사하는 건 충분히 가능한 일이다.

하지만 권능이 될 무언가를 찾는 건 다른 문제였다.

"그래서 우리는 그 세계에 혼란을 만듭니다."

"혼란?"

"전쟁을 일으키고, 차원 전체를 위기에 빠뜨리는 거죠."

차원을 비집고 들어가 혼란을 일으키는 건 침략하는 입장에서 아주 오랫동안 살아온 마왕들에게는 어렵지 않은 이야기다.

은밀하게 영향력을 발휘해 차원의 거대 세력들을 이간질하든, 차원의 원주민들이 감당할 수 없는 강력한 힘을 풀어 놓든.

일단 혼란이 일어나면, 체내에 세균이 들어오면 자연스럽게 백혈구가 달라붙어 세균과 싸우는 것처럼 자연스럽게 권능이 될 무언가가 등장한다.

"사실 문제는 이 다음이죠. 권능의 가능성을 가진 '무언가'가 얼마나 강력한 것인지는 미지수이니까요."

아무리 마왕이라지만, 차원의 저항력을 받아 가면서 그 가능성을 제 몸으로 겪는 건 위험을 감수해야 하는 일이다.

그래서 푸르카스는 그 역할을 윤태양 일행에게 맡겼다.

"그러니까 스테이지에 들어가서 해야 할 일은 푸르카스가 해당 스테이지에서 어떤 방법으로 세계를 망쳐 놨는지 알아내는 거죠."

푸르카스가 원하는 것을 얻어 내는 것이 첫 번째다.

그리고 두 번째로 푸르카스의 영향력을 끊어 내면 당연히 푸르카스는 아쉬운 입장이 될 수밖에 없다.

╼╾

태양이 거칠게 머리를 긁었다.

태양은 푸르카스가 요새에 숙주들을 풀어놓았다고 생각해

고 있었다.

'플라즈마 에너지'를 권능으로 만들어 채굴하기 위해서.

표면적으로 보기에는 이게 가장 올바른 해답이었다.

하지만 식량 창고에서 잡은 1대 숙주가 죽기 직전 플라즈마 에너지를 사용하면서 가설이 흐트러져 버렸다.

숙주 괴물은 플라즈마 에너지를 사용했다.

만약 숙주의 뒷배경에 푸르카스가 있었다면 푸르카스는 플라즈마 에너지의 사용법을 깨달았다고 볼 수 있었다.

하지만 푸르카스는 만족하지 않았고, 태양 일행을 대전사(代戰事)로 삼아 차원에 내려보냈다.

뭔가 다른 목적이 있다는 이야기다.

란이 작은 목소리로 중얼거렸다.

"플라즈마 에너지가 권능의 씨앗이 아니라는 이야기일까?"

플라즈마 에너지.

일반인에 가까운 우르프가 쓸 수 있을 정도로 활용하기 쉬운 기술이다.

숙주를 처리할 때 보였던 성능은 심지어 태양 일행의 공격 수단보다 월등히 앞서는 효율을 보이기까지 했다.

차원 미궁의 모든 존재는 마나를 사용했다.

단탈리안도, 발락도, 그리고 이제껏 만난 모든 마왕도.

'물론 그들이 마나만 사용할 수 있다는 이야기는 아니지만.'

확실한 건, 마나는 창천, 에덴, 그리고 마계라는 전혀 인접하지 않은 3개의 차원에서 주로 사용되는 에너지원이었다.

마나와 비슷한 활용이 가능하면서 마나 저항 체계를 완벽하게 관통할 수 있는 에너지. 플라즈마.

객관적으로 당연히 활용도가 높을 수밖에 없다.

태양 일행이 느끼기에 플라즈마 에너지는 '권능'의 씨앗 1순위 후보였다.

살로몬이 물었다.

"태양, 플라즈마 에너지는 씨앗이 될 수 없는 부적격 사유라도 있는 건가?"

"그건…… 모르겠어."

태양 일행은 마왕이 '권능'의 씨앗을 어떻게 개화시키는지, 그 과정에 관해서는 무지했다.

태양이 단탈리안에게 이야기를 듣기는 했지만 그뿐.

단탈리안의 이야기에는 원하는 것, 씨앗, 가능성, 조건 등 두루뭉술한 이야기밖에 없었다.

너무 많은 케이스가 있어서 자세한 설명이 불가능하다나.

한참 고민하던 태양이 말을 이었다.

"가능성이라고 할 만한 건 한 가지 정도 있어."

"한 가지?"

"'권능'의 씨앗이든 아니든 상관없이 푸르카스가 원하는 게 플라즈마 에너지가 아니라는 거지."

후욱, 담배 연기를 내뱉은 살로몬이 되물었다.

"푸르카스는 '권능'의 씨앗을 원하는 게 아니었나?"

"맞아. 하지만 말했잖아. 하나의 차원에서 얻을 수 있는 권능은 여러 개야."

태양 일행이 발견한 씨앗은 플라즈마 에너지뿐이지만, 씨앗은 2개고 3개고 더 나올 수 있었다.

"그것보다 시스템 창을 보자고."

"아."

태양의 말에 란이 저도 작게 감탄했다.

[10-1 역병 퇴치: 역병의 근원을 퇴치하고 최후의 요새를 수복하라.]

플라즈마 에너지를 얻어 내는 건 스테이지에서 제시한 목적, '역병의 근원을 퇴치하라'는 말에 너무 부합하지 않는다.

"애초에 우리가 잘못 생각하고 있었어. 스테이지 클리어는 뒷전으로 놓고 우리 할 것만 생각하다 보니까 이렇게 된 거지."

누군가의 욕망을 알기 위해선 당연히 그 누군가를 관찰해야 한다.

하는 말, 행동, 시선, 태도 등이다.

푸르카스의 의도를 알아내기 위해서는?

당연히 푸르카스가 하는 말, 행동, 시선, 태도를 관찰해야 한다.

태양 일행은 아직 푸르카스를 만난 적이 없다.

푸르카스와 그들의 유일한 연결점이라면 당연히 시스템 창 밖에 없었다.

"시스템 창에서는 역병을 퇴치하라고 했지. 역병. 당연히 숙주 괴물들을 지칭하는 말이야."

본래 플레이어는 마왕이 준비한 적을 상대했다.

하지만 적어도 역병 퇴치 스테이지에서만큼은 아니었다.

"맞아. 여긴 마왕이 준비한 장소가 아니지."

심지어 마왕이 원하는 게 따로 있는 곳이다.

그리고 마왕은 플레이어들에게 역병을 퇴치하라고 말했다.

태양이 고개를 끄덕였다.

"그러니까 숙주는 푸르카스가 컨트롤 하는 괴물이 아니라는 거지. 심지어 퇴치하라고 말했지."

"그럼 숙주는?"

"1대 숙주는 자연 발생했다고 했지. 하지만 지금 굳이 '역병의 근원'이 뭔지 따져 보자면, 이야기할 수 있어."

메시아가 신음하듯 대답했다.

"슈퍼컴퓨터."

"그래. 식량 창고의 식량 절반을 떼어서 3대 '숙주'를 만들고 있는 역병 제조기. 슈퍼컴퓨터. 그리고 이걸 다른 말로 하면 1대 숙주와 2대 숙주는 몰라도 3대 숙주는 확실히 '원주민'들이 조작한 슈퍼컴퓨터가 생산하고 있다는 뜻이지."

그렇다면 할 일은 명확해진다.

태양이 씨익 웃었다.

"우리가 할 일은 최대한 숙주들을 처치하지 않으면서 연구실을 뒤져 본다. 그러면서 단서를 찾으면 되는 거야."

그때 이야기를 듣고 있던 우르프가 끼어들었다.

"용사님, 연구실마다 연구실장, 혹은 조장 등의 연구원이 기록해 놓은 일지가 있을 겁니다. 그것을 찾아보면 2차, 3차 역병 사태에 대해 더 자세하게 알아볼 수 있을지도 모릅니다."

"일지라. 크. 좋다. 똑똑한 사람들은 또 이렇게 기록까지 잘해 줘요. 고맙게시리."

살로몬이 입을 다물었다.

메시아와 란도 새삼스러운 얼굴로 태양을 바라봤다.

-오; 윤태양 웬일로 머리 씀?
-전투 사기캐가 지능까지 갖췄네.
-윤태양! 윤태양! 윤태양!
-뇌가... 섹시해졌다?
-뱅붕 아님 이거?

슬쩍 채팅 창을 본 태양이 고개를 흔들었다.

그때.

쿠구구구궁.

요새가 흔들리기 시작했다.

신컨의
원코인
클리어

숙주들의 습격일까.

태양 일행이 일사불란하게 사방을 경계했다.

우르프가 그들을 보며 진정시켰다.

"단순한 지진입니다. 언제부턴가 요새 주변에 지진이 일어나더군요."

"지진? 요새는 인류 최후의 어쩌고 하면서 가장 안전한 곳에 지은 거라고 하지 않았어?"

"예. 이상하죠. 사실 저희도 알아보려고 했는데, 마침 숙주들이 들끓기 시작하는 바람에…… 여하간, 걱정하지 않으셔도 됩니다."

⚜

쉘터로 돌아온 태양 일행은 오래 쉬지 않았다.

전투가 있기는 했지만, 태양 일행의 수준에서 그렇게 요양할 만큼 격렬하지도 않았기 때문이다.

"슈퍼컴퓨터랑 싸우지는 않는 선에서 최대한 정보만 빼내 보자."

"저희도 돕겠습니다."

식량을 섭취하고 기운을 차린 쉘터의 몇몇 사람이 우르프와 함께 와서 태양에게 청원했다.

우르프가 고개를 숙였다.

"연구원 출신도 있고, 기사생도 출신도 있습니다. 숙주들과의 전투는 익숙합니다. 원래 저희가 했던 일이니까요."

태양은 거절하지 않았다.

애초에 식량 창고를 탈환했을 때 했던 계산의 범위 안이기 때문이다.

─일반인인데 굳이 달고 움직임?

─ㄹㅇ... 플레이어에 비하면 거의 개복친데.

─플라즈마 병기 있으면 나름 1인분 가능하니까 상관없지 않음?

─그리고 얘네도 자기 살 곳인데 뭐라도 한 손 보태야지. 플레이어 왔다고 뒤에서 손가락만 빠는 게 더 이상하긴 함.

우루프는 태양 일행을 앞에 두고 브리핑을 시작했다.

"연구실장은 저 포함 네 명이었습니다."

당연히 요새에서 가장 큰 연구실은 다섯 가지 섹션으로 나뉘어 있었다.

"부서는 크게 5개였습니다. 생체 무기 공학, 에너지 무기 공학, 운송 마법 분야, 요새 보안 마법 분야. 그리고 10세대 슈퍼컴퓨터 서버실이죠."

"슈퍼컴퓨터 서버실?"

"예. 연구원이 아니라 기사들이 맡은 구역입니다."

우르프의 이야기에 따르면 기사는 지구로 치자면 군인에 가까운 집단이었다.

일반인, 그러니까 연구원들과도 사적인 교류는 거의 없다시피 했다고.

이야기를 듣던 태양이 슬쩍 물었다.

"이런 말 해서 미안한데 돌아가신 너희 누나 남편이 기사라고 하지 않았어?"

"……어디서든 예외는 있는 법이죠."

"맞아. 그럴 수 있지. 그나저나, 10세대 슈퍼컴퓨터에 따로 이름 같은 건 없는 거야?"

제우스라든가, 프로메테우스라든가, 아니면 아톰이라든가.

영화를 보면 인간에 가까운 인공지능에게 이름을 부여하는 경우는 흔했는데 말이지.

태양의 질문에 우르프는 단호히 고개를 내저었다.

"그런 경우는 없습니다. 절대로. 혹시나 그런 행위 때문에 AI가 독립성을 가질지도 모른다는 우려가 많습니다. 실제로 위험하다는 가상 실험 결과도 있고요. 절대로 그들에게 개별적인 이름을 지어 줘서는 안 됩니다."

"아하."

태양은 우르프가 그려 준 간략한 지도를 보고 습격할 위치를 선정했다.

가장 구미가 당기는 곳은 생체 무기 공학 섹션이었다.

1대 숙주는 어디서 나타났는지 모르지만, 2대 숙주의 출처는 명확히 생체 무기 공학 섹션이었다.

그리고 만약 3대 숙주를 생산하자는 아이디어가 나온 부처가 있다면, 당연히 생체 무기 공학 섹션일 가능성이 높았다.

3대 숙주는 정말 '생체 무기'와 같은 특징, 생김새를 지니고 있었으니까.

살로몬은 에너지 무기 공학 섹션을 보고 싶은 모양이었다.

"플라즈마 에너지의 개발처잖나. 원주민들이 모르는 1대 숙주와 연관성을 찾을지도 몰라. 우르프가 설명하지 못한 플라즈마 에너지의 또 다른 특성을 찾을 수도 있고."

"아, 좋습니다. 플라즈마 에너지의 사용처를 늘릴 수만 있다면 저희야 좋지요."

지도를 보니 에너지 무기 공학 섹션과 생체 무기 공학 섹션의 거리는 멀지 않았다.

다른 3개의 섹션에 비하면 거의 붙어 있는 수준이었다.

"이름이야 다르지만, 여하간 같은 무기 공학이니까요. 서로가 서로에게 도움을 받는 일이 잦았습니다. 흐, 그때 저희 부서만 왕따당하는 것 같아서 솔직히 조금 서운했습니다."

"TMI는 됐어."

"TMI요?"

"투 머치…… 아, 쓸데없는 사족 붙이지 말라고."

"옙."

신전의
원코인
클리어

문제는 생체 공학과 에너지 무기 공학 섹션의 실장급 연구실이 요새에서도 꽤나 고층에 있다는 것.

요새 보안 마법 분야와 서버실 같이 꼭대기에 달려 있다시피 한 것은 아니었지만, 30층에 달하는 건물에서 거의 20층 자리에 달려 있었다.

"하도 복층 구조가 많아서 층을 세기도 어렵네. 그나저나 왜 다 위로 가는 거야?"

"보안 때문입니다. 요새 특성상 올라갈수록 거쳐야 하는 보안 단계가 많거든요. 공중으로 하는 접근은 엄격하게 금지되어 있고요."

"아하. 슈퍼컴퓨터는 당연히 꼭대기에 있고?"

"네. 서버실에 있죠."

태양 일행은 플라즈마 에너지 병기를 든 원주민들을 이끌고 에너지 공학 섹션으로 향했다.

정확히는, 에너지 공학 섹션으로 올라가기 위한 루트로.

에너지 공학 섹션을 먼저 들르기로 한 이유는 별것 없었다.

루트가 더 경제적이었기 때문이다.

어차피 순차적으로 4개의 섹션을 다 들리고, 그래도 푸르카스의 목표를 명확히 파악하지 못하면 서버실까지 들릴 예정이었다.

쿠궁.

다시 한번 요새에 진입하자 벌떼같이 모여든 3대 숙주들이 태양 일행을 반겼다.

"란!"

괴력난신(怪力亂神) – 태풍(颱風).

콰아아아앙!

작고 징그러운 괴물들이 단번에 날아갔다.

태양은 신속하게 적들을 스캔했다.

'1대, 2대 숙주는 아예 없군.'

태양 일행이 식량 창고를 급습했을 때 나타난 플라즈마 에너지는 어딘가로 이어졌다.

당시의 정보가 유출되었다면 슈퍼컴퓨터는 태양 일행의 존재를 분명히 알고 있을 터.

식량 창고에 새로운 숙주가 배치되지도 않았고, 요새 주변의 경계가 강화되지도 않았다.

슈퍼컴퓨터는 애초에 태양 일행을 신경도 쓰지 않는 걸까.

스타버스트 하이킥(Starburst High Kick) – 캐논 폼(Canon Form).

콰아아앙!

태양의 발끝에서 터져 나온 광선이 정확히 위층으로 올라갈 계단 통로를 뚫었다.

뭉게뭉게 피어오른 연기가 숙주들의 진입을 막아 내고, 메시아의 초능력이 반대편에서 덤벼드는 숙주들을 짓눌러 죽였다.

"빨리! 여기서 오래 붙잡혀 있어 봤자 좋을 건 없어!"

"발포!"

[플라즈마 입자포 개방] x10

콰과과과광!

요새 내부 벽면이 한순간에 함몰될 정도로 강력한 위력의 광선이 3대 숙주를 사정없이 꿰뚫었다.

란은 능숙하게 진공 상태를 만들어 소음을 최소화시켰다.

동시에 화망(火網), 아니 광망(光網)을 뚫고 들어온 일부 3대 숙주를 부채 끝으로 찔러서 튕겨 냈다.

키에에에엑!

"크읏."

란이 인상을 찌푸렸다.

세 종류의 숙주 중 가장 약하다는 3대 숙주를 상대하는 데에도 적지 않은 신경이 쓰인다.

직전 층까지와 확연히 다른 난이도.

마왕에 의해 조절된 난이도가 아니라서 밸런스가 어긋났기에 그렇게 느껴질 수밖에 없었다.

물론 어려워졌다고는 하지만, 태양 일행의 파워 밸런스 역시 진작 동 층의 수준을 뛰어넘은 지 오래다.

"마나 상황은?"

"괜찮아!"

"괜찮다!"

"이상 없다."

태양이 우르프에게 소리쳤다.

"지금!"

"넵!"

원주민들이 연구실로 뛰어 들어갔다.

일지, 혹은 기록을 찾는 데에는 당연히 태양 일행보다 저들이 효율이 좋다.

"살로몬! 메시아! 너희들은 우르프 일행을 돕는다!"

이는 역시 당연하다.

실험실 안에 또 다른 숙주 무리가 있을지 모르니까.

태양이 말을 덧붙였다.

"얘들아! 알지? 혹시라도 전투할 일이 있다면 연구실 파괴는 최소한으로! 자료 날아가면 일 까다로워진다!"

메시아와 살로몬이 동시에 고개를 끄덕이고, 우르프 일행을 따라 위층으로 사라지려는 순간.

콰드드득!

거대한 돌덩이가 메시아와 살로몬을 덮쳤다.

낭풍(浪風).

한정적 중력 제어.

콜: 라이트닝(Call: Lightning).

콰드드득!

세 마법(스킬) 계열 플레이어의 요격에 돌덩이가 순식간에 분쇄되었다.

"분명히 소음은 최대한 줄였는데."

"나름대로 찢어져서 다녔는데, 그거로는 부족했던 건가?"

네 플레이어가 인상을 쓰며 새로 나타난 괴물들을 바라봤다.

키에에에에엑!

쿠에에에에엑!

비대하게 자라난 주먹.

3대 숙주에 비해 비약적으로 인간을 닮은 형상.

2대 숙주.

처음 태양 일행과 마주쳤던 그들이었다.

숫자는 여덟.

"괜찮겠나?"

메시아의 물음에 태양이 피식 웃었다.

"누가 누굴 걱정하는 거야? 도울 생각 하지 말고 가, 인마."

─올 ㅋ.

─약간 영화st.

─메시아가 윤태양 걱정할 짬밥이 안 되긴 하지. ㅋㅋ.

살로몬과 메시아, 그리고 우르프 일행이 연구실로 움직이자 2대 숙주들의 시선이 쏠린다.

당연하다. 다수의 먹잇감이 도망치고 있으니.

[베르단디의 기도]

[플레이어 윤태양의 공격에 멸악(滅惡) 속성이 부여됩니다.]

[머신 PUNMFV-3000 활성화]

[마나를 소모하여 근력, 맷집, 민첩 중 하나의 시너지를 선택해 시너지의 등급을 한 단계 높입니다.]

[맷집의 시너지가 '6'으로 조정됩니다.]

버프를 휘감은 태양이 벼락같은 외침과 함께 뛰어들었다.

"란! 간다!"

같잖은 신경전은 필요 없다.

놈들의 속도는 이미 한번 봤으니까.

'전투는 짧게. 위에서 또 어떤 변수가 있을지 모르니까.'

쿠웅.

태양이 진각을 밟는 순간, 여덟 기의 2대 숙주가 일사분란하게 태양에게서 떨어졌다.

"이 새끼들 봐라?"

움직임은 조직적으로 정돈된 느낌이 가득했다.

생전, '기사'였던 숙주들의 특성이 반영된 모양이었다.

신컨의
원코인
클리어

"피지컬적으로도 강력하고, 생전의 전투 기억이 남아 있고, 슈퍼컴퓨터를 통해 데이터까지 백업된다라."

확실히 까다롭기 그지없는 상대다.

후웅.

키에에에엑!

2대 숙주가 비대하기 짝이 없는 손을 망치처럼 내려쳤다.

콰아앙!

바닥이 형편없이 우그러들었다.

동시에 태양의 발이 우그러든 바닥을 짚었다.

그 와중에 디딜 곳은 또 귀신같이 찾았다.

쿠웅.

초월 진각 - 선풍권(旋風拳).

첫 맞대결에서 2대 숙주의 흉물스러운 주먹을 형편없이 빠그라뜨렸던 그 기술.

이번에는 몸통에 들어갔다.

뻐억.

키에에에엑!

뒤의 두 숙주가 태양을 공격하기 위해 달려들었지만 태양은 이미 붙잡은 2대 숙주를 방패막으로 삼아 가며 각을 내주지 않았다.

태양이 반쯤 박살 난 2대 숙주를 사이에 두고 요리조리 피킹 (Ficking) 하며 시간을 버는 사이, 란의 풍술이 2마리의 괴물을 덮

쳤다.

인챈트(Enchant) - 샤프니스(Sharpness).

풍아(風牙).

콰드드드득!

키에에에에에엑!

한 마리의 숙주가 믹서에 갈리듯 피를 흩뿌리며 쓰러지고, 나머지 1마리가 뒤늦게 도망치려고 하지만.

쿠웅.

"이미 늦었지."

정의행(正義行) 3식 - 지폭(地爆): 윤태양식(式) 어레인지.

콰아앙!

2대 숙주의 디딤발이 그대로 터져 나간다.

어느새 접근한 태양의 주먹이 비교적 연약한 숙주의 몸통을 완벽하게 분쇄했다.

"역시 란이 빠릿빠릿하고 좋아. 내 템포를 확실히 따라와 준다니까?"

"어휴. 나 없었으면 어쩌려고 했냐?"

"음. 좀 귀찮았겠지만, 다 잡았을 듯?"

"말이나 못 하면."

뒤늦게 상황을 파악한 다섯 마리의 2대 숙주가 동시에 달려들었다.

후웅.

란이 순식간에 허공으로 떠올라 공격을 회피한다.

당연한 이야기지만, 이렇게 되면 어그로는 태양에게 집중될 수밖에 없다.

"비겁하게!"

"너도 풍술 배울래? 내가 세심하게 가르쳐 줄 수 있는데."

"배우겠냐?"

"아님 말고."

키득─ 웃은 란이 부채를 휘둘렀다.

괴력난신(怪力亂神) ─ 갈고리 바람.

키에에에엑!

2마리의 2대 숙주가 갈고리에 걸려 뒤로 자빠지고, 나머지 3마리는 대항했다.

"이거면 충분하지."

태양이 빈틈으로 몸을 날렸다.

일 대 다수의 싸움을 이기는 방법.

일대일 구도를 여러 번 만드는 거다.

일대일 세 번 이기기.

삼 대 일 한 번 이기기.

숫자상으로는 별 차이가 없어 보이지만, 실제 난이도 체감은 거의 세제곱에 가깝다. 그리고 태양은 절묘한 위치 선정으로 일대일 구도를 만들었다.

중요한 건, 빨리 잡는 거지.

일순간 마나 회로가 차올라서 진동한다.

콰드드드득.

놈이 반응하기도 전에 명치에 꼽힌 주먹.

스킬화는 되지 않았지만 정의행의 묘리를 응용한 주먹질이었다.

쿨럭.

인간의 신체와 동일한 구조이기 때문일까.

2대 숙주의 입에서 울컥 피를 쏟아져 나왔다.

"괜히 사람이랑 닮지 말란 말이야. 기분만 빌어먹게 더러워지니까."

쿠웅.

초월 진각 - 염라각(閻羅脚).

깔끔하게 쳐올린 발이 숙주의 관자놀이를 격파하고, 동시에 뒤에서 또 다른 숙주가 비대한 손을 휘둘러 온다.

천뢰굉보(天牢轟步): 윤태양식(式) 어레인지.

꽈릉!

주먹은 태양의 잔상만 건드리고, 어느새 두 번째 숙주의 품을 파고든 태양이 꽈드득, 주먹을 쥐었다.

정의행(正義行) 4식 - 천굉(天轟): 윤태양식(式) 어레인지.

이 녀석들의 약점은 간단했다.

비대한 주먹은 태양의 무공을 견뎌 냈지만, 강화되지 않은 몸통은 그렇지 않았다.

약점을 알아냈다면 공략은 식은 죽 먹기다.

적어도 태양에게는.

꽈르르르릉!

굉음과 함께 내질러지는 주먹이 2대 숙주의 심장 어림에 수박만 한 지름의 구멍을 뚫어 놓는다.

흉물스러운 오른팔이 경련을 일으킨다.

경련 뒤에 숨은 태양이 가볍게 진각을 밟아 마나를 끌어 올렸다.

일순간 태양 주변에 마나 공진 현상이 일어나고,

스타버스트 하이킥(Starburst High Kick) - 캐논 폼(Canon Form).

은하를 닮은 광선이 3마리의 2대 숙주를 동시에 관통했다.

그것은 곧 전투의 종결이었다.

"야! 이건 소음을 막을 수가……."

"빨리 끝내는 편이 낫지. 차라리."

일순간 태양이 끝장낸 2대 숙주가 여섯.

란이 밀어낸 후 요리한 2대 숙주가 둘.

그때였다.

꽈과과과광!

소리의 진원지는 우르프 일행이 먼저 올라간 연구실이었다.

태양과 란이 서로를 바라봤다.

"빨리 끝내는 게 낫다고 했지?"

에너지 무기 공학 섹션 연구실.

우르프도 본 적 없던 새로운 형태의 1대 숙주가 손톱으로 추정되는 투사체를 날려 우르프를 따라온 원주민 한 명의 허벅지에 관통상을 입혔다.

"크아아악!"

"로빈!"

놀라서 이름을 부르기는 하지만, 해 줄 수 있는 것은 없다.

우르프 일행을 습격한 건 한 녀석이 아니었기 때문이다.

투사체를 날려 대는 1대 숙주만 셋.

오른발이 강화된 2대 숙주가 또 셋.

일행의 가장 강력한 전력인 태양을 빼놓고 또 괴수들을 마주쳐 버렸다.

숫자는 더 적지만, 원거리 공격을 하는 탓에 심지어 더 까다로운 상대다.

"우르프. 플라즈마 입자포를 개방해야……."

"안 돼!"

당장 숙주와의 대전에서도 바닥이 우그러지고 기둥이 부서지는 등 주변 파괴가 심각했다.

연구실 안에서 전투한다면 찾아야 할 연구 일지나 데이터가 훼손될 우려가 있었다.

특히 플라즈마 입자포는 연구실 벽면을 우습게 관통할 정도의 위력을 가진 무기였다.

탕! 타탕! 탕!

보조 무기로 가져온 화학식 소총을 사용하지만, 당연히 효과는 미비했다.

우르프가 초조한 얼굴로 메시아와 살로몬을 바라봤다.

자료를 훼손하지 말라고 명령한 건 태양이다.

"용사님들께서 해 주셔야……."

후욱.

스모크 매직: 클라우드 월(Cloud Wall).

연기 장막이 1대 숙주들이 쏘아 내는 투사체를 막아 냈다.

살로몬이 시가를 짓씹었다.

"까다롭기 그지없군."

메시아도 미간을 찌푸렸다.

"……밑의 2대 숙주를 우리가 맡았어야 해."

"동의한다. 우리 판단이 틀렸어."

살로몬은 마법.

메시아도 스킬을 기반으로 하는 플레이어다.

둘의 공통점은 일정 이상의 위력을 가진 공격을 하려면 규모가 자연스럽게 커진다는 거다.

즉, 우르프 일행이 맞부딪친 문제에 살로몬과 메시아도 얽매여 있었다.

육체와 무공을 기반으로 범위가 작고 폭발적인 위력을 낼 수 있는 태양이 실험실에서의 전투를 맡았어야 했다.

키에에에에엑!

키에에에에엑!

잠깐 대치 상황이 이어지자, 2대 숙주들이 괴성을 지르기 시작했다.

사람이 아니라 말의 그것처럼 부풀어 오른 허벅다리.

콰아아아앙!

가벼운 발길질에 연구실 자재가 박살 났다.

안에 담겨 있던 연구 자료 역시 박살 났다.

내용을 정확히 확인하지는 못했지만 폭발성 시약이었던 건지, 주변 기물들이 타올랐다.

살로몬이 연기를 날려 불꽃을 진화하기는 했지만, 근본적인 문제인 2대 숙주들이 달려들기 시작했다.

타다다다앙!

타탕! 타다다당!

"으아아악!"

화약 무기도 따끔하기는 한 건지 달려들던 2대 숙주들이 움찔거렸다.

하지만 그뿐.

고작 여섯뿐인 숫자로는 화망을 만들기도 버거웠다.

탄창에 총알이 떨어지면 그대로 밀려 버리리라.

신관의
원코인
클리어

메시아가 한숨을 내쉬었다.

"후, 살로몬. 원주민들을 지켜라. 내가 시간을 끌어보지."

"뭐?"

"흡혈귀의 육신은 햇볕에 닿지만 않으면 보통 인간보다 훨씬 내구성이 뛰어나. 버틸 수 있을 거다."

"위험을 감수할 필요가 있나? 어차피 연구실은 넓어. 차라리 어느 정도 포기하는 게……."

"아니. 중요한 정보가 없어질 가능성은 최대한 줄인다. 태양이라면 금방 끝내고 도와주러 올 테니까."

안개화.

순식간에 2대 숙주들 사이로 뛰어든 메시아.

뒤에서 투사체를 쏘아 대던 1대 숙주들이 동물적인 반응으로 메시아에게 짓쳐 들었다.

전후좌우.

사방이 막힌 걸 확인한 메시아가 곧바로 몸을 회전시켰다.

나이트 플라워(Knight Flower).

콰드드득!

메시아의 몸에서 발출된 수십 개의 칼날이 괴물에게 쇄도했다.

그 와중에 천장에 꽂힌 여러 칼날.

메시아의 동공이 침착됐다.

'스킬을 제대로 제어할 수 있었다면 이런 얼빠진 상황에 쩔쩔

매지도 않았을 텐데.'

부족함을 느낀다.

아니, 막막함이다.

메시아는 전형적인 지구 출신 플레이어였다.

스킬화를 사용하지도 못하고, 다른 차원 출신의 플레이어에 비하면 마나 운용 역시 미천했다.

할 줄 아는 거라곤 보상으로 얻은 아티팩트와 특전, 카드에서 비롯된 스킬을 사용하는 것뿐.

나름 기교를 부려 스킬에 들어가는 마나량을 조절한다고는 하지만, 솔직히 태양이나 란, 살로몬에 비하면 터무니없는 수준이다.

이제까지는 스킬의 활용도를 극한으로 높여서 어떻게든 헤쳐 나갔지만, 그 한계가 점점 보이고 있었다.

그렇기에, 뛰어들었다.

메시아는 태양처럼 스킬화를 실제 전투에 접목시켜 밥 먹듯이 사용할 수 없었다.

그렇다고 마나에 관해 감을 잡지도 못했다.

마법도, 풍술도 사용할 수 없었다.

"아무것도 못하면, 몸으로라도 때워야지."

백발 사이에서 번뜩이는 눈동자.

콰득.

어느새 접근한 1대 숙주가 메시아를 향해 아가리를 벌렸다.

메시아는 지지 않고 숙주의 아가리에 주먹을 꽂아 넣었다.

한정적 중력 제어.

콰지지지지지직!

강력한 중력의 운동 에너지를 추진력 삼은 메시아의 주먹이 괴수의 아가리를 그대로 뚫었다.

한정적 중력 제어.

범위가 고작 시전 범위에서 2m를 넘지 못하는 기술이다.

'부족해.'

타는 듯한 갈증이 메시아의 목덜미에서 들끓었다.

동시에 정면에 뛰어든 2대 숙주의 발길질이 메시아의 가슴팍을 강타했다.

콰아아앙!

"메시아!"

콜: 라이트닝(Call: Lightning).

콰지지지지직!

살로몬이 뽑아낸 번개가 2대 숙주를 튀겨 냈다.

동시에 숙주 주변에 있던 컴퓨터 네 대가 동시에 터져 나갔다.

"살로몬, 그만!"

안개화.

한 템포 늦은 안개화가 메시아의 몸을 다시 전장에 가져다 놓았다.

윤태양이라면 정확한 타이밍에 서서 타격을 완벽하게 흘려 냈겠지. 스킬을 사용하느라 신경이 쏠렸다느니, 일대 다수라 움 직임을 포착하기 어렵다느니 하는 말들은 전부 푸념으로 취급 하면서.

메시아가 이를 악물었다.

결국 강해지려면 정면으로 부딪치는 수밖에 없다.

죽음을 각오하고, 고통을 각오하면서.

안개화가 풀리고, 1대 숙주들이 쏘아 낸 투사체가 메시아의 머리를 노렸다.

좌, 우.

메시아의 양쪽 공간을 점한 2대 숙주 2마리가 동시에 발을 내 뻗었다.

해결책은 많다.

당장 생각나는 것만 해도.

스킬 백색 절단에 마나를 있는 대로 쏟아부으면 공간을 통째 로 밀어내는 수준의 위력을 낼 수 있다.

라이트 브레이크를 사용해 연구실의 빛을 없애고, 안개화를 통해 몸을 숨기면 놈들은 메시아를 잡지 못한다.

하지만 백색 절단은 연구실도 통째로 부숴 버릴 테고 라이트 브레이크는 메시아만 괜찮아질 뿐, 괴수들을 묶어 둘 수 없다.

"해결책이 많다더니, 없는데?"

이를 악문 메시아가 가드를 올렸다.

신전의
원코인
클리어

괜찮다.

자신은 태양과 다르게 통각이 무디니까.

그리고.

스톰브링어(Storm Bringer): 폭풍 소환(暴風 召喚).

천뢰굉보(天牢轟步): 윤태양식(式) 어레인지.

정의행(正義行) 1식 – 통천(通天).

콰아아아앙!

바람을 휘감은 태양이 나타나서 두 2대 숙주를 그대로 박살 냈다.

"미안. 조금 늦었어."

콰드득.

2대 숙주의 흉물스러운 다리와 윤태양의 다리가 맞부딪쳤다.

기형적으로 비대한 질량의 다리가 선홍빛 핏물을 쏟아 내며 부러졌다.

메시아가 태양을 바라봤다.

메시아도 당연히 저들을 제압할 수 있었다.

흡혈귀로서의 특성을 활용하고, 카드, 아티팩트로 가진 스킬들을 적절히 조합하면 가능하다.

뻐엉!

숙주 하나가 무너지자 균형이 일그러진다.

일순간 흐트러지듯 펼쳐진 난전 양상.

1초에 수십 개의 선택지가 부여되고, 지워진다.

공격을 할 것인가.

회피할 것인가.

회피를 한다면 오른쪽으로 할 것인가, 왼쪽으로 할 것인가.

혹은 뒤로 빠질 것인가.

태양은 너무나도 당연하게 최선의 선택지만을 고르고, 어지럽기 짝이 없던 판을 자신의 것으로 만든다.

콰득.

결과는 또 1마리의 2대 숙주에게 정통으로 들어가는 주먹.

구겨진 고깃덩어리가 하나에 둘. 둘에서 셋.

순식간에 늘어난다.

전황은, 눈 깜짝할 사이에 기울어 있었다.

태양에게로.

꿀꺽.

메시아는 목구멍 깊은 곳에서부터 갈증이 차올랐다.

재능에 대한 갈증.

그리고 힘에 대한 갈증.

고작 연구실에 여파가 미치지 않게 전투할 수 있다는 게 부러워서 그러는 것이 아니었다. 당장 란이나 살로몬도 이렇게 깔끔하게 숙주들을 제압할 수는 없었으니까.

'도대체 어떻게?'

태양은 어떻게 저렇게 마나를 잘 다룰 수 있는가.

스킬화를 아무렇지 않게 해낼 수 있는가.

평화에 찌든 채 살아온 지구의 인간으로서, 어떻게 저렇게 전투를 잘할 수 있는가.

현재 스테이지는 31층.

31층에서 태양의 템포를 따라올 수 있는 플레이어는 거의 없다. 살로몬, 란, 메시아. 그리고 S등급 클랜에서 밀어줘 충분히 성장한 몇몇 플레이어 정도.

객관적으로 봤을 때 당연히 메시아도 대단한 플레이어였다.

하지만.

"그래 봐야 고작 템포를 따라가는 정도지."

그것도 간신히.

업적 0개.

고작 초기 장비를 선택하는 선에서 그치는 5개의 직업군 중 하나.

분명 같은 시작점에서 시작했는데 왜 이렇게 다른 걸까.

태양이 특별해서일까?

언제나 그렇듯이 세상은 부조리하다는 명제 하나만으로 수긍하며 살아야 하는 걸까.

메시아는 그렇게 생각하고 싶지 않았다.

태양이 특별하다고 생각하고 싶지 않았다.

인간은 평등하다.

저 사람이 할 수 있다면, 나도 할 수 있다.

그렇게 믿고 싶었다.

태양의 업적을 개인의 특별함이 아닌, 지구 출신 플레이어의 가능성으로 보고 싶었다.

처음 태양의 일행이 되었을 땐, 일말의 도움이라도 될 수 있으면 만족할 거라고 생각했다.

하지만 사람은 서면 앉고 싶고, 앉으면 눕고 싶은 생물이라던가.

메시아의 바람은 커졌다.

헐떡거리며 겨우 뒤꽁무니나 쫓아다니는 게 아니라, 동료로서 도움을 주고 싶었다.

타닥.

태양이 기둥을 박차고 뛰어올랐다.

일반적으로는 나쁜 선택이다.

날개가 있지 않은 이상 허공에서의 방향 전환은 불가능하고, 그렇게 되면 동선이 특정되어 큰 기술을 맞게 되니까.

하지만 태양은 드래곤 하트에서 뿜어져 나오는 마나와 특유의 마나 컨트롤을 이용해 허공에서 몸을 틀어 냈다.

동시에 차원 미궁에서 배운 무공을 활용하여 스킬화한 공격을 집어넣고, 땅을 밟자마자 초월 진각을 밟았다.

일순간 메시아의 마음을 꺾어 놓을 정도의 기예.

저 복잡한 공정을 아무렇지도 않게 해냈다.

'나도, 해낼 수 있을까?'

마나 운용, 스킬화.

메시아가 할 수 없는 것이다.

36층을 기점으로 성장 폭은 둔화된다.

카드 슬롯은 7장까지 모두 열었고, 영혼 수련장에서 여덟 번째 카드 슬롯도 열었다.

그리고 모두 채웠다.

이제 차원 미궁에서 지원하는 시스템적인 성장 방법은 업적뿐이다.

메시아가 낮게 읊조렸다.

"성장."

새삼스럽게 다시 깨닫는 절대 명제.

어떻게든 성장해야 한다.

성장하지 못하면 태양을 따라가기는커녕 뒤처지게 생겼다.

2대 숙주를 쳐부수는 태양을 보며, 메시아는 그렇게 다짐했다.

⁂

태양은 메시아와 살로몬에게 고개 숙여 사과했다.

특히 메시아에게.

온전히 태양의 판단 착오 때문에 메시아가 위험할 뻔했기 때문이다.

"미안하다."

"아니, 나도 너랑 같은 판단을 했다. 자료가 훼손되면 좋을 게 없으니까."

메시아는 담담하게 고개를 저었다.

태양은 그런 메시아를 바라봤다.

"⋯⋯."

솔직히 답답하기도 했다.

정보보다 당연히 목숨이 중요한 거 아닌가.

모든 일에 우선순위라는 게 있는 법인데, 왜.

그냥 자료가 조금 훼손되더라도⋯⋯.

'아니, 아니지.'

태양이 고개를 흔들어 이어지려는 생각의 흐름을 끊었다.

욕을 할 수는 없다.

메시아가 저런 건 태양의 탓이니까.

태양이 메시아에게 할 수 있는 건 사과뿐이다.

"그럼, 그 일지인지 뭔지를 찾아보자."

에너지 무기 공학 섹션의 연구실은 넓었다.

"모든 섹션 중에서 가장 규모가 크다고 했었지."

"맞습니다. 에너지 무기 공학 섹션이 가장 큽니다."

"에너지 무기 공학 연구실장은 칸터라고 했었나?"

"네."

실험실에 와 본 적이 있는 우르프와 원주민들이 연구실을 뒤졌다.

물론 소음을 최소화하며 되도록 빠르게.

살로몬과 란은 원주민들을 돕고, 태양과 메시아는 경계를 섰다.

컴퓨터에 저장된 게 물론 더 많겠지만, 보고서 형식의 서류로 된 연구 성과도 사방에 널려 있어서 뒤지는 데 어렵지는 않은 모양이었다.

다만.

몇몇 자료를 뒤지던 우르프가 미간을 찌푸렸다.

"용사님, 자료들이 훼손되어 있는 상탭니다."

"훼손? 얼마나?"

"알아볼 수 있는 자료도 있긴 한데……. 100% 보존되어 있다고 말씀드릴 수 없을 것 같습니다. 저희 말고도 한바탕 전투를 치른 것 같습니다."

아마도 2대 숙주가 날뛴 탓이겠지.

메시아의 희생이 빛이 바래지는 느낌이었지만 어쩔 수 없었다.

이미 있었던 전투까지 태양 일행이 컨트롤할 수는 없는 노릇이었다.

몇몇 자료를 들춰 보던 살로몬이 중얼거렸다.

"플라즈마 에너지 말고도 다른 것도 연구하고 있었나 보군."

"그렇겠지."

란이 우르프의 브리핑을 상기했다.

우르프의 말에 따르면 에너지 무기 공학 섹션은 무기보다는 에너지에 방점이 찍혀 있었다고 했다.

숙주 사태가 일어나기 전의 요새는 전쟁이 거의 없는 평화로운 상태였기 때문이다.

무기는 개발해 봐야 데이터화되어서 컴퓨터에 용량만 차지하는 데이터가 될 뿐이다. 하지만 에너지는 성과가 나오는 즉시 요새 주민들의 생활에 영향을 미친다.

우선순위를 에너지가 차지한 건 자연스러운 현상이었다.

"찾았습니다!"

칸터의 연구실을 찾은 것은 우르프였다.

뭐, 당연하다면 당연한 이야기였다.

우르프는 한 명의 연구실장으로서 근무했던 사람이고, 교류가 많았다고는 할 수 없지만 분명 한 사람의 연구실장으로서 다른 연구실장들과 교류를 나눴었기 때문이다.

"……잘도 찾았네."

태양이 우르프가 가리키는 건물을 보며 중얼거렸다.

일곱 명의 탐색원 중 우르프만 연구실을 찾을 수 있었던 이유.

칸터의 연구실이 형체를 알아볼 수 없을 정도로 반파되어 있었기 때문이다.

"자료는 어때?"

"음…… 기대는 안 되는군."

살로몬이 고개를 내저었다.

다른 장소도 전투의 여파가 꽤 있었지만, 연구실은 유독 더 심했다.

이유를 추측하자면, 마지막의 마지막까지 지켜야 할 자료가 있기 때문이 아니었을까 싶다.

결사항전을 하다가 오히려 더 큰 피해를 당해 버린 거지.

태양의 예측은 틀리지 않았다.

"차, 찾았습니다!"

우르프가 떨리는 손길로 반쯤 박살 난 기계를 집어 들었다.

정황상 저것이 칸터의 일지인 것 같았다.

"······읽을 수 있을까?"

"최대한 복원을 해 보면, 대략적으로는 읽을 수 있을 겁니다."

우르프가 세심한 손길로 품속에 기계를 넣는 순간, 다시금 지축이 울리기 시작했다.

쿠구구구구궁.

저번에 겪었던 지진보다 훨씬 강한 진동.

일순간 몸이 휘청거리는 정도였다.

태양이 우르프를 향해 소리 질렀다.

"우르프! 일단 나와!"

그렇지 않아도 반파된 건물이다.

폭삭 무너지기라도 한다면 그대로 끝장이다.

우르프의 목숨도, 일지도.

우르프는 주변의 자료를 더 챙기고 싶은 모양이었지만, 상황이 그것을 허락해 주지 않았다.

연구실을 다급히 빠져나온 후, 태양이 한숨을 내쉬었다.

"다행이야. 일지라도 구해서."

"……그러게 말입니다."

우르프의 목소리에는 약간의 아쉬움이 담겨 있었다.

안전지대, 쉘터로 돌아온 우르프는 필사적으로 일지를 복원했다.

기계를 고치고, 다른 기구를 사용하여 몰입했는데 기계에 관해선 문외한인 태양 일행이 보기에는 열심히 하고 있다는 것 정도밖에는 알 수 없었다.

우르프와 몇몇 똑똑한 이들이 자료 복원에 힘을 쓸 때, 태양 일행은 또 에너지 무기 공학 섹션에 다시 발을 들였지만 딱히 결과물은 없었다.

중요한 자료가 보관되었을 거라고 예측되는 지역일수록 훼손이 심하게 되어 있었기 때문이다.

"그런데 이건 어느 정도 당연한 거긴 해."

란의 말에 메시아가 고개를 끄덕였다.

"중요한 자료일수록 지키는 사람이 많고, 숙주. 특히 2대 숙주는 사람이 많이 몰려 있는 곳에 어그로가 끌릴 테니까."

"그래도, 숙주들이 자료를 훼손하기 위해서 연구원들을 습격한 건 아닌 것 같아."

숙주들의 흔적은 오로지 살아 있는 생명체를 공격하는 데에만 집중되어 있었다.

"하긴. 애초에 숙주가 자료를 훼손하기 위해 연구실을 습격했다면 가장 중요한 자료 중 하나인 연구실장 칸터의 일지가 남아 있다는 게 말이 안 되긴 해."

훼손되긴 했지만, 복원을 시도해 볼 만한 상태.

즉, 어느 정도 읽을 수 있는 상태이긴 하다는 이야기다.

만약 2대 숙주가 슈퍼컴퓨터에 의해 그런 자료를 말소하라는 명령을 받았다면 이미 늦은 태양 일행은 일지는커녕 연구실의 기둥뿌리 정도만 발견할 수 있었으리라.

우르프를 버려두고 생체 무기 공학 섹션에 들어가야 하나 고민할 때쯤, 우르프가 대충이나마 복원을 완료했다.

당연한 이야기지만, 처참하게 박살 나 있던 만큼 복원할 수 있는 건 매우 일부분이었던 모양이다.

"하지만 의미는 있습니다."

"의미?"

"읽어 보시면 알 겁니다."

우르프가 일지를 스캔한 종이 뭉치를 내밀었다.

……슈퍼컴퓨터는 정상적으로 작동 중이다.

아리스가 xxx xx xx가 xx을 적대한다.

예상한 반응이지만 솔직히 충격적이다.

인간을 xx하는 병기를 만들다니······.

하지만 어쩔 수 없다.

놈의 정의가 너무 애매하다.

놈의 정체를 하루라도 더 빨리······.

한 페이지에 고작 복원되어 있는 글자는 고작 일곱 줄.

그나마도 곳곳이 훼손되어 있었다.

태양은 읽을 수 있는 부분만 읽으며 종이를 넘겼다.

······슈퍼컴퓨터는 스스로 발전하고 있다.

10세대 슈퍼컴퓨터는 정말로 인류의 마지막 희망이라 할 만하다.

xx 병기를 합성xx 더 강력한 xx xx를 만들었다.

아xx도, x도 어느 순간부턴 슈퍼컴퓨터가 내놓은 결과x를 분 xx는 일만 하고 있다.

아, 이름을 지었다.

언데드 솔져.

xx xx xx들이다.

강화는 xxxx xxx xx xx.

······.

xx 원정에 실패했다.

원정에서 xxx은 언데드 솔져가 xxx에 나타나 사람들을 xx했다.

다행히(다행이라는 표현이 적합xxx 모르겠다) xx은 성공했다.

아무에게도 xxx 않았다. 아니, 못했다.

설정을 xx 게 아니다.

오류도 xxx.

이건 관리가 잘못되었을 뿐이다.

xxx 원래 xxx 설정되어 있다.

....

태양이 굳어진 얼굴로 우르프를 바라봤다.

우르프가 고개를 끄덕였다.

태양은 계속해서 장을 넘겼다.

분량은 꽤 많았지만, 페이지는 빠르게 넘어갔다.

복원한 분량이 고작 한 줄에서 두 줄 정도밖에 없었기 때문이다.

....

에너지 공학부 연구원들의 불만이 많다.

플라즈마 에너지 효율성을 높이면 언데드보다 훨씬 나을 거라고.

모르는 소리다.

xxx 직접 싸울 수 없다.

언데드 솔져는 필요하다.

1초라도 빨리 xx 생산이 이루어져야 한다.

…….

살로몬이 볼 것도 없다는 듯이 고개를 쳐들었다.

"1대 숙주 역시 원주민들이 만들어 낸 괴물이었군. 이거라면 플라즈마 에너지를 사용한 이유 역시 설명이 돼."

란이 말을 받았다.

"그 숙주를 이용해서 2차 변형 무기를 만들려다가 실패한 게 2대 숙주고. 아니, 숙주라고 부르는 게 맞나? 언데드 솔져라는 정식 명칭이 있었는데."

태양이 눈을 빛냈다.

"그리고, 드디어 찾았어."

원주민들은 무언가와 싸우기 위해 숙주, 언데드 솔져를 개발했다.

그 말인즉슨.

"진짜 상대해야 할 녀석은 따로 있었다는 거지."

시스템 창이 지칭하지 않은.

당사자인 차원의 원주민들도 몰랐던.

그리고 푸르카스의 수작일 가능성이 농후한.

사건의 진짜 원인.

"이게 이번 스테이지의 진짜 열쇠다."

드디어 나타난 진짜 적을 알기 위해서 태양은 다시 요새로 향했다.

정확히는 생체 무기 공학 섹션으로 향했다.

이유는 간단했다.

─일지에 적힌 xx가 뭔지, 어디에 있는지, 어떤 녀석인지 모르니까.

생체 무기 공학 섹션은 숙주를 만든 곳이다.

동시에 xx의 원정을 주도적으로 이끈 곳이었다.

그리고 그 기록은 온전히 생체 무기 공학 섹션의 연구실장, 아리스의 일지에 적혀 있겠지.

현혜가 신중한 목소리로 의견을 제시했다.

─태양아, 이번에는 너랑 란, 우르프만 가자.

"둘이나 떼어 두고 가자고?"

─이미 전투에서 봤잖아.

메시아나 살로몬이 무능한 플레이어라는 이야기는 아니다.

다만 둘은 실내에서 전투할 수 없었다.

─그리고 2대 숙주의 특성을 생각하면.

"하긴."

태양이 고개를 끄덕였다.

"숫자가 일정 이상이 모이면 기척을 감지하고 찾아오는 녀석들이니까."

2대 숙주들로부터 안전하려면 쉘터처럼 두꺼운 강철로 뒤덮인 공간에 들어와야 했다.

아니면 아예 무리를 짓지 않던가.

당연히 쉬운 선택지는 후자다.

태양은 현혜의 의견을 일행에게 제시했고, 일행은 수긍했다.

자존심은 조금 상할지언정 가장 효율적인 방법이었기 때문이다.

후욱, 담배 연기를 내뱉은 살로몬이 투덜거렸다.

"그럼 란은? 왜 데려가는데?"

"소음기."

"뭐?"

"소리를 차단할 수 있잖아."

태양의 말에 란이 입술을 삐죽였다.

"그건 그거대로 마음 상하는데."

"아, 그랬어? 미안."

태양이 성의 없이 사과했다.

메시아가 물었다.

"원주민은 우르프 하나면 충분한가?"

"충분하지."

찾아야 할 것은 한 가지다.

일지.

다른 자료를 찾는 것은 솔직히 원주민들의 호감을 살 뿐, 현실적으로 스테이지를 진행하는 데 크게 도움이 될 것 같지는 않았다.

일행의 부름을 받은 우르프가 얼굴을 굳혔다.

"누나의 일지를…….."

"그래."

태양이 우르프를 바라봤다.

솔직히 우르프의 입장에서는 부담스러운 제안일지도 몰랐다.

전력의 절반을 떼어 놓고 간다는 이야기였으니까.

"……열심히 해 보겠습니다."

생체 공학 섹션은 텅 비어 있었다.

표현 그대로다.

태양이 기척을 아예 느낄 수 없을 정도였다.

주변을 둘러보던 란이 중얼거렸다.

"이상해. 그냥 돌아다니는 녀석들도 없고."

에너지 무기 공학 섹션에서도, 식량 창고에서도, 하다못해 요새 바깥의 거리에서도 이러지는 않았다.

최소한 한두 마리의 숙주가 순찰하듯 돌아다녔었다.

"돌아다니는 숙주가 없는 것만 이상한 게 아니야. 여기, 전체적으로 에너지 무기 공학 섹션보다 훨씬 훼손이 덜해."

덜하다고 표현해야 할까.

태양이 마치 새것처럼 깨끗한 벽면을 어루만졌다.

그러다가 문득.

빠지직.

손가락을 박아 넣었다.

"이것 봐라."

"태양?"

"용사님?"

후두둑.

잔해가 떨어지고, 깨끗한 벽면 안쪽이 모습을 드러냈다.

이미 불에 타서 검은 장작이 되어 있는 내벽.

"누군가 고쳤어."

"그렇다는 건……."

"숙주가 아닌, 지성체가 있다는 이야기야. 여기에."

그래야 하는데, 기척이 없다.

그 말뜻은 두 가지로 해석될 수 있었다.

첫 번째, 진짜로 없다.

그리고 두 번째, 란도 태양도 기척을 느끼지 못할 정도의 강자가 있다.

두 번째라면 좋지 않은 상황이다.

일행은 더욱 신중하게 생체 무기 공학 섹션을 조사했다.

그리고.

"여기입니다!"

우르프가 아리스의 연구실을 찾았다.

아리스의 연구실은 완전히 풍비박산 나 있던 칸터의 연구실과는 다르게 제 형체를 유지하고 있었다.

심지어 깨끗하게.

"좋네."

연구실 내부도 외형과 같다면 아리스의 일지는 훼손이 되어 있지 않을 가능성이 커 보였다.

달칵.

우르프가 문을 열었다.

예상대로 연구실은 매우 깨끗하게 정돈되어 있었다.

그리고.

"요, 용사님."

우르프가 저도 모르게 뒷걸음질 쳤다.

태양이 읊조렸다.

"란."

란이 가볍게 부채를 휘둘러 소음을 차단했다.

연구실.

아마도 아리스가 앉았을 의자에 거대한 기사가 앉아 있었다.

이제까지 봐온 현대, 미래풍의 배경과는 동떨어진 붉은색의 풀플레이트 아머를 두른 기사.

태양이 연구실로 들어서자, 투구 사이에서 붉은 안광이 켜졌다. 그리고 기괴한 소리가 흘러나왔다.

"나가라, 괴물들……."

쿠구구궁.

거대한 기세가 연구실을 짓눌렀다.

"커헉……."

버티지 못한 우르프가 저도 모르게 침을 흘리며 주저앉았다.

란이 우르프의 목을 잡아끌어 연구실 바깥으로 내던졌다.

"기척이 없었던 게 이해가 가네."

아무도 없는 것은 아니었다.

다만, 활동하지 않고 있었다.

마치 겨울잠을 자는 곰처럼.

기사는 거대했다.

앉아 있음에도 서 있는 태양보다 시선이 위에 있을 정도였다.

다시 한번 안광이 번뜩이고, 뼈 소리인지 철 소리인지 모를
어떤 소리가 섬뜩하게 울려 퍼졌다.

"아니…… 인……간인……가."

콱득, 스르릉.

기사가 허리에서 검을 뽑아 태양을 겨눴다.

"이곳……에서 나가라. 인간."

"싫다면?"

태양이 삐딱하게 고개를 꺾었다.

기사의 붉은 안광이 한층 더 밝아졌다.

"부탁이…… 아니다. 명령……이다."

힘겹게 단어를 만들어 낸 기사가 태양을 향해 달려들었다.

단 두 걸음 만에 태양의 지척으로 이동한 기사가 주먹을 내질 렀다.

태양이 반사적으로 가드를 올렸다.

순간 회피가 늦었다고 생각할 만큼 기사는 빨랐다.

"태양!"

콰아아아아아아아앙!

태양의 신형이 문을 부수며 연구실 밖으로 나동그라졌다.

기사가 란을 바라보고, 란이 본능적으로 부채를 휘둘러 연구실에서 벗어났다.

쿵, 쿵.

연구실을 빠져나온 기사가 태양을 보고 검을 치켜들었다.

"무슨 용무로…… 연구실에 왔지."

기괴한 목소리.

하지만 놈의 말은 점점 더 명확해지고 있었다.

마치 잠에서 깨어나 정신이 드는 것처럼.

태양이 기사인지 괴물인지 모를 존재를 보며 가늠했다.

대화가 통하는 상대일까.

모른다.

하지만 시도한다고 손해 볼 일은 없겠지.

"일지."

말이 짧아 그 안에 내용이 담기지 않아서일까.

기사는 대답하지 않았다.

태양이 다시 한번 말했다.

"생체 무기 공학 섹션의 연구실장, 아리스의 일지를 찾으러 왔다."

"불허."

"뭐?"

"불허한다. 그리고."

스릉.

"침입자를 제거하겠다."

쿠우웅.

기사가 다시금 태양에게 접근했다.

거대한 덩치와 그 덩치에서도 느껴질 정도로 민첩한 움직임.

표현 그대로 눈 깜짝할 사이에 태양을 간격에 넣은 기사가 검을 휘둘렀다.

콰아아아앙!

이번에는 막지 않고 피했다.

"란, 도와줄 수 있겠어?"

"응, 대신 그러면 소음은 포기해야 돼."

"그럼 됐어. 혼자 해 볼게."

란이 도와준다면 전투는 더 쉬워지겠지만, 혼자서 싸우는 게 경제적이다.

넓은 공간에 괴물은 저 녀석 하나이기 때문이다.

놈과의 전투 때문에 더 많은 숙주들이 몰려들면 일은 더 어려워질 게 뻔했다.

살아남을 수는 있겠지만, 자료의 훼손을 막아 낼 방법은 없다고 봐야 했다.

태양이 기사를 노려보았다.

쿠웅.

내딛는 스텝.

휘두르는 본새.

본능에 몸을 맡긴 원초적인 괴물이 아니다.

분명하게 훈련된 움직임.

콰득.

태양이 마주 스텝을 밟았다.

검을 사용하는 적이니만큼 간격에서 불리함이 있지만, 태양에게는 그 이상으로 어드밴티지를 가져갈 만한 스텝 센스가 있었다.

타닷.

절묘하게 상대방의 호흡을 잘라 들어간 태양이 검의 간격을 넘어 주먹의 간격으로 들어왔다.

"어딜!"

기사의 반응은 빨랐지만, 태양이 더 빨랐다.

기사가 검을 채 휘두르기 전에 태양의 주먹이 기사의 복부에 꽂혔다.

물론.

하이퍼 드래곤 블로(Hyper Dragon Blow).

콰아아앙.

마나를 듬뿍 먹인 주먹이었다.

"하."

복부에 주먹을 박아 넣은 태양이 입꼬리를 비틀어 올렸다.

손맛이 이야기한다.

이 갑옷은 강철이 아니라고.

불끈.

일순간 기사의 몸을 감싼 풀 플레이트 아머가 부풀어 올랐다.

"뭐, 이딴."

태양이 풀 플레이트 아머라고 생각했던 갑옷은, 근육이었다.

그 말인즉슨, 이 녀석 역시 생체 병기라는 뜻이다.

숙주, 아니 언데드 솔져라는 이름으로 개량된.

콰드드득!

태양이 백스텝을 밟으며 기사가 휘두른 검을 피했다.

"우르프!"

"에…… 예! 용사님!"

"아리스의 남편이 기사라고 했었지."

"네. 안타리우스 형님은 기사였습니다."

"저게 안타리우스인 것 같냐?"

태양조차 경시할 수 없을 정도로 훈련된 전투 기술.

아리스의 연구실에 자리하고 있었다는 점.

두 가지로 할 수 있는, 예상이라기보다는 억측이었다.

하지만 동시에 꽤 신빙성 있게 느껴졌다.

기사를 본 우르프는 고개를 내저었다.

"모르겠습니다. 얼굴이 드러난 것도 아니라서……."

"됐어. 별건 아니고, 만약 네 매형이면 미리 사과하려고."

때려야 하니까.

　[머신 PUNMFV-3000 활성화]

　[마나를 소모하여 근력, 맷집, 민첩 중 하나의 시너지를 선택해 시너지의 등급을 한 단계 높입니다.]

　[맷집의 시너지가 '6'으로 조정됩니다.]

　[베르단디의 기도]

　[플레이어 윤태양의 공격에 멸악(滅惡) 속성이 부여됩니다.]

맷집 시너지가 6으로 맞춰지고 몸에 신성한 빛이 감돌았다.

　[스톰브링어(Storm Bringer) : 폭풍 소환(暴風 召喚)]

　[폭풍의 정령 군주 아라실이 플레이어 윤태양의 신체에 임합니다.]

그리고 수많은 바람 정령이 태양의 몸을 휘감았다.

아라실이 말을 걸어왔다.

─참으로 오랜만에 소환하는군.

"네가 마나를 하도 처먹어서 그렇지."

스톰브링어는 확실히 연비가 안 좋아졌다.

전에는 소모값이 없었으니만큼 어쩔 수 없는 일이긴 했다.

한층 빨라진 태양이 안타리우스로 추정되는 기사에게 달려들었다.

후웅.

기사가 태양의 동선에 검격을 깔았다. 태양의 접근을 막아 자신에게 유리한 간격을 지키기 위해서다.

어지간하면 비집고 들어갔을 텐데, 깔아 놓은 검로가 여간 교묘한 것이 아니었다.

'이 정도로 고차원적인 사고가 가능한데, 설득할 수 없다고?'

있을 것 같다.

하지만 말을 안 듣겠지.

이런 경우 해답은 간단하다.

맞아야 한다.

대부분의 경우, 폭력은 해결책이 될 수 있다.

그게 올바른 해결책이냐는 게 주로 논쟁거리가 될 뿐이지.

후웅.

태양의 오른 발목에 은하가 형성됐다.

간격을 주지 않으려 한다면, 간격 밖에서 두들기면 그만이다.

스타버스트 하이킥(Starburst High Kick) ─ 캐논 폼(Canon Form).

신전의
원코인
클리어

마나 유동과 동시에 신속한 판단을 내린 기사가 달려들었다.

태양은 개의치 않고 발을 차 냈다.

투웅.

기사의 검에서 반투명한 빛이 흘러나왔다.

란이 저도 모르게 중얼거렸다.

"플라즈마?"

검이 태양의 발끝에서 뻗어 나온 광선을 비껴 냈다.

"뭐, 이딴!"

비껴 나간 광선이 생체 무기 공학 섹션의 한편을 초토화시켰
다.

태양과 기사의 동선이 다시 한번 붙었다.

수직으로 내리그은 기사의 검이 쩌엉 소리를 내며 옆으로 틀
어졌다.

손등으로 검면을 쳐 낸 태양이 그대로 하이킥을 뻗었지만 기
사가 한 걸음 물러났다.

"어딜!"

정의행(正義行) 1식 ─ 통천(通天) : 윤태양식(式) 어레인지.

뻐엉.

허공을 격하고 들어간 타격.

직접 몸체에 주먹을 꽂아 넣은 것만큼 만족스럽지는 않았다.

기분도, 대미지도.

짧은 사이에 밸런스를 회복한 기사가 다시금 태양을 향해 검

을 휘둘렀다.

좌상단에서 내리그어 오는 검.

태양이 다시금 손등을 휘둘렀다.

쩌엉!

"으극!"

절로 신음이 터져 나왔다.

플라즈마를 휘감은 탓인지 반탄력이 달랐다.

쿠웅.

쿠웅.

태양과 기사가 동시에 전진 스텝을 밟았다.

순식간에 줄어드는 거리.

검의 간격을 넘어, 주먹의 간격으로 순식간에 들어왔다.

콰득.

태양의 주먹이 기사의 가슴팍에 꽂혔다.

제대로 들어간 것은 분명 맞으나, 투구 사이로 비치는 붉은 안광은 오히려 더 강해졌다.

콰드드득!

초근거리에서 휘둘러 오는 검격.

'이런.'

커다란 면적이 단순한 공격을 피할 수 없게 만들었다.

기사가 피격을 감수하며 억지로 접근한 이유가 바로 이것이었다.

"소모전."

한 대 맞는 대신, 한 대 때리자.

정직하게.

자신의 맷집, 체급에 자신이 있기 때문에 내린 결정이겠지.

태양의 입꼬리가 호선을 그렸다.

"자신 있어?"

후욱.

태양이 불쑥 허리를 꺾었다.

후와아아앙!

거대한 면적의 검이 태양의 앞머리를 스쳐 지나갔다.

"한 대 맞을 때마다, 나를 한 대 때릴 자신 말이야."

기사의 검이 허공을 가르며 턴이 태양에게로 넘어왔다.

콰득.

초월 진각을 밟은 태양이 발을 뻗어 올렸다.

스타버스트 하이킥(Starburst High Kick).

콰아아아앙!

육중한 기사의 몸이 일순간 허공에 떠오를 정도로 강력한 일
격.

"죽인다!"

이 역시 버텨 낸 기사가 다시금 수직으로 검을 내리찍었다.

콰아아아앙!

얼마나 큰 힘이 실렸는지, 바닥에 크레이터가 생겼다.

물론 태양은 맞지 않았다.

그리고 다시, 태양의 턴.

정의행(正義行) 4식 – 천굉(天轟) : 윤태양식(式) 어레인지.

콰르르르릉!

하늘을 부순다는 정의행 4식이 기사의 가슴팍에 정통으로 꽂혔다.

억지로 버텨 오던 기사의 신형이 결국 형편없이 튕겨 나갔다.

후두두둑.

아리스의 연구실 벽면이 기사의 몸을 받아 냈다.

이내 아무렇지 않은 듯 몸을 털고 일어나는 괴물.

"……확실히 내구성은 튼튼해 보이네."

"인간, 강하군."

찌그러진 투구 사이로 안광이 붉게 타올랐다.

"항복하지?"

"개소리."

태양이 쯧, 혀를 찼다.

말로 해서 될 존재였다면 이 정도로 때려 줬을 때 대화가 되어야 했다.

쩌엉!

태양의 손등이 기사의 검을 다시금 쳐 냈다.

"설득이 불가능하다면 어쩔 수 없지."

킹 오브 피스트를 위시한 가상현실 게임의 출범 이후, 액션 장르 영화의 관객수는 꾸준히 하향 그래프를 그렸다.

자본을 쏟아부어 그려 내는 블록버스터 영화도, 스타 무술 배우를 섭외해 만드는 현실적인 액션 영화도 하향세를 피할 수는 없었다. 그리고 처음에는 미미한 수준이었던 하향 곡선을 유의미할 정도로 꺾어 놓은 게임이 등장했다.

단탈리안.

튜토리얼이라 불리는 초반 3층부터 어지간한 블록버스터 영화의 주인공처럼 뛰어다녀야 하는 게임이 바로 단탈리안이다.

단탈리안이 구현한 미칠 듯한 현실감은 당연히 영화의 그것을 우습게 뛰어넘었다.

단탈리안에 접속하면 매분 매초 영화의 주인공이 되어 사건을 겪을 수 있다는 이야기다.

단탈리안을 경험한 사람들이 그와 비슷한, 혹은 그보다 못한 사건을 영상으로 볼 이유가 없었다. 그렇기에 적어도 영화계 일부에서는 단탈리안의 화려한 몰락을 반겼다.

가장 돈이 되는 사업이었던 블록버스터 액션 장르의 영화가 더 경쟁력을 갖출 기회라고 생각했기 때문이다.

하지만 사건이 터지고 나서도 블록버스터 영화는 재기할 것처럼 보이지 않았다. 물론 아직 세 달이 채 되지 않은 시점이라

뭐라고 말 할 수도 없는 일이지만, 사람들은 이렇게 평가했다.

　-아, ㅋㅋ 윤태양이 거의 24시간 라이브로 영화 틀어 주고
있는데 왜 영화관 가서 보냐고 ㅋㅋ.
　-샌드백 패는 게 이렇게 찰질 일이야?
　-진짜 더럽게 잘 치네. ㅋㅋㅋ.
　-아. 킹피 마렵다. 오랜만에 킹피나 하러 갈까.
　-근데 저거 진짜 더럽게 안 죽네.
　-대체 한 놈 붙잡고 몇 분째 패는 거냐?
　-10분 넘은 것 같은데.

정의행(正義行) 4식 - 천굉(天轟) : 윤태양식(式) 어레인지.
꽈르르르릉!
커다란 소음과 함께 기사의 투구가 깡통처럼 찌그러졌다.
"인간……."
"이제 그만 좀 누워라!"
태양에게 손을 뻗는 기사.
　처음처럼 위협이 되는 수준의 움직임은 아니지만, 움직일 수
있다는 것 자체만으로도 경이로운 수준이었다.
"죽어!"
스타버스트 하이킥(Starburst High Kick).
뻐어어억!

찌그러진 투구가 기어코 비대한 몸뚱이에서 떨어졌다.

그제야 투구 사이로 비치던 붉은 안광이 사그라들었다.

"와, 때리다가 지쳐 보긴 처음이네. 진짜."

태양이 질린 눈빛으로 기사를 바라봤다.

"······안타리우스 형님이 맞네요."

기사의 얼굴을 확인한 우르프가 우울한 목소리로 중얼거렸다.

"······미안하다. 이게 상황이 상황이다 보니."

"네. 저도 이해합니다. 용사님께서 죽이신 건 인간 안타리우스가 아니라 2대 숙주······였죠."

2대 숙주.

태양이 에너지 무기 공학 섹션 연구실장, 칸터의 일지를 되짚었다.

······슈퍼컴퓨터는 스스로 발전하고 있다.

10세대 슈퍼컴퓨터는 정말로 인류의 마지막 희망이라 할 만하다.

xx 병기를 합성xx 더 강력한 xx xx를 만들었다.

일지에는 슈퍼컴퓨터가 1대, 2대, 3대 숙주뿐만 아니라 더 강력한 언데드 솔져를 개발하고 있다고 적혀 있었다.

그리고 그 결과물이 방금 상대한 녀석이었다면.

"이거, 상황이 많이 심각한데."

제압이 어려웠다고 할 수는 없지만, 숨통을 끊어 놓는 데에만 10분이 넘게 걸렸다. 이런 숙주가 무더기로 나온다면…….

"끔찍하네."

란이 고개를 내저었다.

하지만 이들의 대처는 나중 문제다.

먼저 해야 할 일.

아리스의 일지를 찾고 푸르카스가 수작질을 벌여 놓은 적을 찾아 제거하는 것.

태양과 란, 우르프는 다진 고깃덩어리를 지나쳐 연구실로 들어갔다.

다시 들어온 방은 깔끔했다.

전투 중에 부서진 연구실 문과 인접한 벽면을 제외하면 새것이나 다름없을 정도였다.

"형님이 정리한 걸까요?"

"아마도."

안타리우스와 대화는 이어졌지만, 모든 대화는 '죽인다'로 수렴했다.

솔직히 이상했다.

연인의 동생인 우르프를 보고도 칼질만 반복하는 것도.

태양이 자신보다 더 강하다는 사실을 인지하고도 미련하게 들이받았던 것도.

신전의
원코인
클리어

태양은 그것을 숙주, 언데드 솔져의 특성으로 이해했다.

일지에 적혀 있길 모든 생명체를 적대하게 설계되어 있다고 했으니, 그 특성이 적용됐다면 어쩔 수 없는 일이다.

그 특성을 제외하고 보자면, 여하간 안타리우스는 대화를 할 수 있을 정도의 지능을 가지고 있었다.

죽은 연인을 그리워하며 그 흔적을 남겨 두는 것 역시 불가능한 일은 아닌 것 같았다.

그리고 그런 안타리우스의 사랑은 명백히 성과로 남았다.

우르프가 깔끔하게 정리된 일지를 집어 들었다.

아리스의 연구실에 비치된 일지는 놀랍게도 책이었다.

그리고 두 권이었다.

"……두 권?"

얇은 것과 두꺼운 것.

우르프가 얇은 책을 펴 들었다.

그리고 이내, 우르프의 속눈썹이 파르르 떨렸다.

"왜 그래?"

"형님이…… 일지를 정리해 두셨습니다."

안타리우스는 기계에 적혀 있던 일지의 내용을 종이로 다시 적어 보관하고 있었다.

얇은 책은 일지에 안타리우스 본인을 언급한 내용.

두꺼운 책은 나머지.

연인을 기억하기 위해, 변해 버린 두꺼운 손으로 펜을 잡아

그녀를 기록한 것이다.

　-와. 찐사랑이네.
　-죽어서도...
　-ㅜㅜ.
　-안타리우스 불쌍하다.

⁂

　이번에는 일지가 거의 완벽에 가깝게 보관되어 있었기 때문에 따로 복원 작업을 할 필요가 없었다.
　쉘터로 돌아온 태양 일행은 곧바로 일지를 읽었다.
　얇은 것부터.
　란이 물었다.
　"왜 얇은 것부터 읽어?"
　"짧은 것부터 읽는 게 당연한 거 아니야?"
　너무나도 당연한 태양의 대답에 란과 살로몬, 메시아가 동시에 머리를 갸웃거렸다.
　태양이 뻔뻔한 표정으로 말을 이었다.
　"아님 말고."

　……

언데드 솔져를 이용한 새로운 무기가 실패했다.

언데드 솔져의 감염력이 내 예측력을 초월했다.

안타리우스가 죽었다.

(긴 공백).

개발을 거듭한 언데드 솔져는 이제 플라즈마 병기 따위와 비견할 수 없다.

슈퍼컴퓨터가 언데드 솔져 통제에 실패하는 사례가 발견됐다.

언데드 솔져의 자가 판단을 위해 통제력을 일부 상실하기로 결정한 모양이다.

언데드 솔져가 인류의 통제 안에 들어와 있었다면 성능 향상을 위한 똑똑한 결정이었겠지만, 지금은 아니다.

정말로 재앙이 되어 가고 있다.

아니, 이미 재앙이다.

프로젝트를 끄자고 건의하고 싶었지만 여전히 '괴물'은 바다에 도사리고 있다.

인류는…… 존속할 수 있을까?

……모르겠다.

인류의 존속이 의미가 있는지도 모르겠다.

안타리우스가 없는 인류에는…….

…….

"중요한 정보가 바로 첫 장부터 나와 주시네."

태양이 고개를 끄덕였다.

괴물은 바다에 도사리고 있다.

원했던 정보가 바로 첫 장에 기재되어 있었다.

그럼 나머지 정보는 아예 필요가 없느냐.

그렇지 않았다.

언데드 솔져는 플라즈마 병기 따위와 비견할 수 없어졌다.

이 역시, 괴물의 행방만큼이나 중요한 정보였다.

"슈퍼컴퓨터에 저장되어 있는 언데드 솔져 데이터베이스. 이 것도 '권능'의 씨앗 같은데?"

"나도 동의해. 거기에 더해서……."

"푸르카스가 원하는 권능."

"이거네."

네 명의 생각이 동시에 합치됐다.

─놀랍네.

"진짜로. 전혀 예상 못했어."

태양 일행은 언데드 솔져가 푸르카스의 수작인 줄 알았다.

아니었다. 심지어 지금, 언데드 솔져가 푸르카스의 목표라는 결론에 도달했다.

"정확히는 숙주를 양산할 수 있는 기술력이겠지?"

"그래."

메시아가 특유의 백발을 쓸어넘기며 중얼거렸다.

"아귀가 맞아떨어져. 일지에 적혀 있는 '무언가' 때문에 숙주를 개발하기 시작했지."

"그 '무언가'가 푸르카스의 수작이라면."

살로몬이 말을 받았다.

"맞아. 푸르카스의 수작 때문에 원주민들이 언데드 솔져를 개발하기 시작했다면 순서가 맞지. 그리고 일지에도 적혀 있잖아. 플라즈마 에너지 공학으로 만든 무기는 언데드 솔져와 비견할 수 없어졌다고."

단탈리안이 태양에게 설명한 차원 침식의 과정.

1. 마왕이 차원을 흔들고, 그 반작용으로 '권능'의 씨앗이 나타난다.

2. 마왕이 그 씨앗을 취한다.

3. 모른다. 단탈리안도 이 이후는 각양각색이라고 했다.

일지에 따르면 언데드 솔져의 개발 과정이 이와 흡사하게 보였다.

1과 2에 정확히 부합했다.

푸르카스는 '언데드 솔져'를 끄집어내기 위해 '괴물'을 차원에 풀어놓았다.

플라즈마 에너지는 그냥 그 과정에서 발견된 부산물 같은 거고.

살로몬이 고개를 갸웃거렸다.

"살짝 이해가 안 되는 부분이 있다."

"뭐가?"

"여기, 플라즈마에 비교가 안 된다는 부분. 우르프가 쐈던 플라즈마 탄환에 3대 숙주가 싹 쓸려 나갔었지 않나. 말도 안 되는 효율을 보여 주기도 했고."

그 말에 태양이 고개를 저었다.

"우르프는 1대 숙주, 2대 숙주, 3대 숙주로 놈들을 구분했잖아. 하지만 틀렸어. 일지가 사실이라면 아직 우린 제대로 된 언데드 솔져의 전력을 본 적이 없는 거지. 지금도 슈퍼컴퓨터는 더 강한 언데드 솔져를 개발하고 있을 테니까."

물론 살로몬이 이해가 안 되는 건 아니었다.

생체 무기 공학 섹션에서의 전투를 보지 못했으니 그럴 만도 했다.

태양은 슈퍼컴퓨터가 개발했을 것으로 추정되는 괴물을 만났다.

기사 안타리우스가 분한 2대 숙주.

모든 2대 숙주는 천편일률적으로 비슷한 무력을 지니고 있다는 원주민들의 단언이 틀렸다.

그 녀석은 예외적으로 강했다.

"슈퍼컴퓨터 주변에 그 녀석 수준의 언데드 솔져가 즐비하다면 플라즈마 병기가 상대도 안 된다는 게 말이 돼."

심지어 녀석은 플라즈마를 다루기까지 했다.

메시아가 손바닥으로 제 얼굴을 쓸었다.

"언데드 솔져가 푸르카스의 목표라면 말이 안 되지 않나? 역병의 근원 퇴치. 그러니까 슈퍼컴퓨터를 부수라는 이야기였잖아."

"데이터는 백업되어 있는 거 아닐까?"

명색의 마지막 희망이라는 컴퓨터인데 정보가 백업되지 않았을 리가 없었다.

"그러니까 우린, 컴퓨터를 없애기 전에 우르프를 데리고 들어가서 언데드 솔져에 관련된 데이터를 따로 저장하고, 그와 관련된 정보를 전부 말소해야 해."

그리고 그 외에도 할 수 있는 모든 것을 해야겠다.

예를 들면, 푸르카스가 차원에 풀어놓은 것을 잡는다던지.

요는 푸르카스가 벌일 수 있는 수작을 최대한 예측해서 모조리 배제하는 것이다.

"뭔가 주먹구구식이네."

"어쩔 수 없어. 우리가 저쪽 사정을 모르니까."

차원 미궁에서 당면한 시련 중 쉬운 것은 없었지만, 이번 일은 특히 어려웠다.

무엇을 해야 하는지 시스템이 정해 주는 것이 아니라, 본인이 직접 판단해야 했기 때문이다.

"별수 있어? 할 수 있는 건 모조리 해 보는 거지."

란이 어깨를 으쓱였다.

"일단 일지에 표기된 '괴물'을 잡는 것부터 신경 쓰자."

"바다라."

일지는 확실히 신빙성이 있어 보였다.

괴물의 서식지가 바다라는 것부터 아귀가 들어맞았기 때문이다.

1대 숙주들이 최초로 발견된 곳이 바로 인근의 해안가라고 했고, 일지에선 첫 번째 언데드 솔져를 xx, 즉, 괴물 원정에 보냈다고 했다. 그리고 실패했다고 했다.

일지의 기록과 원주민들이 이야기한 사건 전개가 맞아떨어졌다는 이야기다.

문득 현혜가 중얼거렸다.

-그 '괴물'을 잡으면 일이 생각보다 엄청 쉬워질지도 모르겠네.

"어? 왜?"

-슈퍼컴퓨터가 언데드 솔져를 개발한 이유도 결국은 '괴물'을 처치하기 위해서잖아.

"아, 그러네."

컴퓨터, 프로그램이라는 녀석은 목적을 완료하면 행동을 멈추는 녀석이다. 그리고 연구원들은 바다에 사는 '괴물'을 잡을 목적으로 숙주, 언데드 솔져를 개발했다.

그 '괴물'이 죽는다면?

"슈퍼컴퓨터가 자체적으로 언데드 솔져를 폐기 처분하겠군."

지구에 존재하는 컴퓨터라면 솔직히 기대하기 어려웠지만,

신전의
원코인
클리어

이 차원의 슈퍼컴퓨터는 지구의 것보다 훨씬 더 발전한 모양이니 충분히 가능해 보이는 이야기였다.

물론 그거 하나로 모든 일이 단번에 해결될 가능성은 적었다. 슈퍼컴퓨터가 일부러 언데드 솔져의 제어를 포기했다는 기록도 있었으니만큼 어디서든 변수가 나타날 수 있었으니까.

하지만 슈퍼컴퓨터가 태양을 적대하는 것과 그렇지 않은 것의 차이는 크다.

―근데 클리어 과정을 이렇게 꼬아도 됨? 스테이지 클리어로 안 쳐 주면 어떡함?

―오우거 부락에서도 그랬잖음. 마왕의 의도대로 움직이는 거랑 클리어랑은 별개임.

❈

"흐음."

거대한 의자에 앉은 노인이 제 수염을 쓸어내렸다.

검은 후드, 늘어진 수염, 거대한 낫.

제50계위 마왕, 푸르카스였다.

노인의 모습을 한 푸르카스는 굳은 얼굴로 자신이 해결했어야 할 차원, 말파스를 바라봤다.

그의 두 눈동자에는 불만이 가득했다.

마왕은 스테이지에서 일어나는 모든 일을 관측할 수 있다.

관측하고, 가공하여 기록하는 것이 그들의 일이었기 때문이다.

본래 차원 미궁의 영토가 아닌 '다른 차원'이라도 예외는 없었다.

충주가 짊어져야 할 대가가 약간 커질 뿐.

즉, 푸르카스는 태양 일행이 스테이지를 클리어하는 과정을 모두 보고 있었다. 그러므로 태양 일행의 의도를 예측하는 건 푸르카스에게 어려운 일이 아니었다.

"……정도를 심하게 넘는군."

특유의 꼬장꼬장한 목소리가 동공을 울렸다.

태양 일행은 언제나 그렇듯이 스테이지를 그들이 원하는 방향으로 아주 잘 클리어해 나가고 있었다.

그리고 '역병 퇴치' 스테이지에서 태양 일행이 원하는 방향은 푸르카스가 원하는 방향과 매우 달랐다.

푸르카스가 다시금 신경질적인 손놀림으로 수염을 쓸어내렸다.

'개입을 더 해야 하나?'

단탈리안이 어떤 수작을 부려 놓은 건지, 태양은 마왕과 권능의 비즈니스에 관해 어느 정도 알고 있는 것 같았다.

단탈리안을 생각하니 푸르카스의 이마에 핏대가 솟아올랐다.

신전의
원코인
클리어

"동업자 정신도 없는 자식."

아무리 플레이어가 마음에 든다고 해도 그렇지.

단탈리안은 마왕끼리 지켜야 할 암묵적인 선을 아무렇지도 않게 넘었다.

"크흠."

작게 헛기침을 한 푸르카스가 다시금 태양을 내려다보았다.

지금 개입하면 권능을 날릴 걱정은 하지 않아도 될 것 같았다.

하지만 개입하기 싫은 이유가 있었다.

매몰 비용 때문이다.

매몰 비용.

이미 지출해서 회수할 수 없는 비용을 이야기한다.

재수에 실패한 수험생이 날린 1년.

혹은 이미 실패해 버린 식당에 투자한 돈과 같은 것들이다.

모두가 그런 것은 아니지만 1년을 날려 버린 재수생은 이 매몰비용 때문에 삼수에 도전한다.

이미 망해 버린 식당 역시 마찬가지다.

투자금이 아까워 억지로 장사를 유지한다.

유지비도 안 나오는 것을 알면서.

푸르카스도 마찬가지였다.

태양 일행을 스테이지에 집어넣느라 사용한 영향력이 아까웠다.

그리고 자신의 판단을 틀렸다고 믿기 싫었다.

처음부터 푸르카스가 영향력을 행사해서 권능을 뽑아냈으면 지금 개입하는 영향력의 절반 수준으로 대가를 치렀으리라.

현실적으로 생각하자면 지금 개입하는 게 옳았다.

이성적으로는 그게 옳은 판단인 줄 알면서도, 푸르카스는 고민했다.

어떻게 방법이 없을까.

고심 끝에 생각나는 방법은 한 가지다.

스테이지에 들어가 있는 플레이어.

윤태양과의 거래.

"빌어먹을."

단탈리안은 윤태양이 스테이지에 들어오기 전에 분명 무언가 이야기를 했다. 그리고 그 이야기는 분명 지금 같은 상황을 만들고 그것을 기반으로 자신과 거래를 하라는 이야기겠지.

플레이어의 입장에서 마왕이 주는 보상만큼 달달한 것이 없을 테니까.

푸르카스는 손익 계산이 빠른 마왕이었다.

특유의 손익 계산은 자기 자신에게도 적용되는 만큼, 푸르카스는 본인의 약점을 아주 잘 알았다.

더 열 받는 건 단탈리안과 윤태양이 그 약점을 너무 효과적으로 잘 공략했다는 거다.

노인의 불퉁한 입매가 험상궂게 비틀렸다.

"단탈리안. 오랜만에 보는 얼굴인데 영 웃으면서 맞을 수가 없게 만드는군."

"하하, 푸르카스. 농담이 지나치시군요. 당신은 절 보고 웃은 적이 없잖습니까."

그의 등 뒤에서 백발에 깡마른 남자의 모습을 한 단탈리안 이 나타났다.

단탈리안이 특유의 속을 알 수 없는 미소를 지었다.

"고민이 많으신가 봅니다?"

"노인네 심사를 뒤틀어 놓고 그런 천연덕스러운 질문이라니. 배알을 뒤트는 솜씨가 여전히 훌륭하군."

좋은 말은 나오지 않았다.

단탈리안도 예상한 바였다.

단탈리안과 푸르카스는 예전부터 사이가 좋지 않았다.

이유를 따지자면, 서로 닮았기 때문일까.

둘은 손익에 지독히도 민감하다는 관점에서 서로 닮았다.

교묘하게 이득을 추구하는지, 대놓고 추구하는지 정도의 차 이만 있을 뿐. 그렇기에 단탈리안은 굳이 싫어하는 마왕 앞에 모습을 드러냈다.

생각할 시간을 줘 버리면 푸르카스는 매몰 비용의 오류에서 벗어나 스테이지에 개입할 가능성이 컸다.

감정을 들쑤셔야 했다.

푸르카스의 손해는 근본적으로 단탈리안 때문에 일어났다.

그 사실을 인정하고 싶지 않게 만드는 것이 단탈리안의 목표였다.

그러니까, 다음 대사는 세게 쳐야 한다.

"살코기도 안 남은 뼈다귀를 뜯는 버릇은 고쳐지질 않는군요. 여전히 잡종 개와 닮으셨습니다. 푸르카스."

푸르카스의 이마에 주름이 파였다.

하지만 푸르카스는 화를 내는 대신, 짓씹듯이 읊조렸다.

"……네가 상관할 바는 아니지. 딱히 규칙을 어기는 것도 아니잖나."

"뭐, 원하시는 대로 될지는 모르겠습니다."

푸르카스의 눈썹이 번쩍 들렸다.

"뭘 꾸미는 거냐?"

단탈리안이 천연덕스럽게 어깨 으쓱였다.

"그거야 플레이어 윤태양이 알겠죠."

"크흠, 잡종 개를 운운하더니 개소리는 네놈이 지껄이는군. 윤태양이랑 너랑 계약한 거 모르는 마왕이 있을 것 같나?"

"계약한다고 모든 일거수일투족을 알 수 있는 건 아닙니다. 그리고 플레이어 윤태양과 저 사이의 계약은 수직적인 계약이 아니라 수평적인 계약이거든요."

보통 마왕들과는 다르게 말이죠.

단탈리안의 온 신경이 푸르카스의 반응을 관찰했다.

어떤 단어에 반응하는지, 어떤 주제에 신경을 쓰는지.

이왕이면 말로 해결하고 싶었다.

여차하면 무력으로 개입하겠다는 인상을 줄 수도 있지만 그건 좋지 않은 방법이다. 더 개입하면 괜히 다른 마왕들에게 간섭당할 여지를 줄 수 있으니.

단탈리안이 푸르카스와 날선 대화를 이어 가는 와중에 힐긋, 태양을 바라봤다.

스테이지 바깥에서 개입하는 변수만 아니라면 윤태양이 이겨낼 수 있다.

약간의 불안은 있지만, 단탈리안은 믿기로 했다.

윤태양은 충분히 증명했다.

'내가 누구를 믿은 게 얼마만이지?'

마왕은 인간에 비해 모든 능력이 뛰어나다.

기억력도 예외는 아니다.

하지만 단탈리안은 상념의 답을 바로 찾지 못했다.

※

짧은 일지는 금방 읽었지만, 긴 일지는 그렇지 못했다.

안타리우스에 관련된 이야기가 제외된 아리스의 일지는 정말 길었다.

이에 우르프는 일지를 네 파트로 복사해 각각 태양과 란, 살로몬과 메시아에게 나눠 줬다.

물론 원본은 본인이 읽었다.

평생 책이라는 물건을 소 닭 보듯 해 왔던 태양에게 독서란 참으로 고통스러운 것이었다.

"으으."

병든 닭 같은 태양의 행색에도 채팅 창은 여전히 활발하게 내려갔다.

─화면으로 보는 나도 잠이 오냐.

─윤태양이 포기 안 한 게 용한데 이 정도면 ㅋㅋㅋ.

─존. 나. 빽. 빽. 해.

─괴물 레이드 은제 가냐? 그때 올란다.

당연한 이야기지만, 일지에는 생체 무기 공학 섹션에서 벌인 대부분의 일이 기록되어 있었다.

괴물, 해룡에 관한 이야기도.

"찾았다."

반대편에서 일지를 읽던 란의 목소리에 태양이 벌떡 일어났다.

"찾았어! 잘했어!"

태양이 뛸 듯이 기뻐하며 란 앞으로 달려갔다.

─어이구, 좋단다.

현혜가 한심하다는 듯한 목소리로 태양에게 면박을 줬다.

물론, 일지를 더 읽지 않아도 된다는 생각에 신난 태양은 상관하지 않고 싱글벙글했다.

"여기, 봐봐. 바다에 말도 안 되게 강력한 괴수가 나타났다. 생물체 도감에 등재되어 있는 그 어떤 생물과도 다른 형태다. 그나마 비슷한 존재는 고대에 존재했다는 드래곤 정도. 나는 녀석을 '해룡'이라고 부르기로 했다."

"바다에서 왔으니까 해룡인 건가."

"씁, 봐봐. 그게 중요한 게 아니니까."

가볍게 면박을 준 란이 일지 뒷부분을 펼쳤다.

……

칸터에게 부탁해 에너지 파동 측정기를 빌려와 연구실 차원에서 자체적으로 조사했다.

조사 결과, 해룡은 요새를 파괴할 잠재 에너지를 가지고 있는 게 분명했다.

그리고, 파괴하려 시도하고 있었다. 심지어 동물처럼 대뜸 몸을 들이대는 게 아니라 점진적이고 체계적인 방법으로.

3년 전 처음 발생한 지진이 바로 해룡의 짓이었다.

요새에 지진이 일어난다는 것 자체가 애초에 말이 안 되는 일이었다.

……

일지를 본 우르프가 고개를 끄덕였다.

"맞습니다. 요새는 자연히 발생할 수 있는 재해부터 괴수, 전쟁 등의 재난까지 포괄하는 상황을 예측하고 지어졌습니다. 심지어 각 분야의 최정상급 전문가가 적어도 10년 이상 고려해서 지어진 보루죠."

지진도 마찬가지다.

요새는 치밀한 지질학적 구조 분석을 통해 일정 강도의 지진이 일어날 수 없는 곳에 지어졌다.

"이 분야를 누나가 조사하고 있다는 이야기를 얼핏 듣긴 했었는데……."

설마 대수롭지 않게 넘겼던 지진이 이 역병 사태의 시초였다니, 우르프로서도 전혀 예상하지 못했던 그림이었다.

–와. 지진은 아까 일지 가져올 때도 일어났잖음.

–그러네.

–그럼 지금도 활동하고 있는 거네?

–ㄷㄷ.

–근데 우르프는 그동안 뭐 하고 있었냐? 이거 계속 보니까 ㄹㅇ 꿰다 놓은 보릿자루였네.

–ㄹㅇㅋㅋ 하는 게 없음.

–우르프 허수아비임?

이후 일지 내용은 태양 일행의 예상대로였다.

왜 생체 무기 공학 섹션인 아리스가 지진의 연원을 조사했는지는 모르지만, 아리스는 독자적으로 조사했다.

연구 결과를 공유하지 않는 이상 우르프가 아리스의 연구 결과를 마음대로 들춰 볼 수는 없는 노릇이다.

소통이 되지 않으면 모르는 것이 당연하다. 그리고 아리스는 연구하는 과정에서 해룡의 존재를 파악했다.

인류의 존속에 위험을 느낀 아리스가 언데드 솔져 개발을 시작하면서 이 모든 일이 시작된 거지.

일지를 읽던 란이 눈썹을 찌푸렸다.

"이해가 안 되네."

"뭐가."

"인류 존속에 위험을 느꼈는데 왜 다 알리지 않고 자기들끼리 해결하려고 한 거야?"

해룡은 명백히 요새를 부수려는 움직임을 포착했다.

그리고 요새가 없다면 인류의 재건은 불가능하다.

"당연히 전 인류가 힘을 합쳐서 막아야 하는 거 아니야?"

"하아."

우르프가 한숨을 내쉬었다.

알 것도 같았기 때문이다.

"기사…… 때문일 겁니다."

"기사?"

"예. 지금은 숙주들과의 전쟁으로 대부분 죽었습니다만, 당시에는 요새에 거주하는 유일한 무력이었으니까요."

기사는 인류의 최후를 지키는 정예 무력 부대였다.

그들의 목표는 인류의 기술을 보존하는 연구원들을 지키는 것. 요새에 상주할 뿐, 아무런 발언권은 없었다.

하지만 연구원들은 기사를 경원시했다.

정확히 말하자면, 사람을 경원시한 게 아니라 무력 그 자체를 경원시했다.

물은 고이면 썩기 마련이고, 원초적인 무력은 언제든지 기회만 있다면 선을 넘어 권력을 차지하려 한다.

그리고 그 끝은 언제나 붉다.

반복된 역사로 검증된 사실이었다.

집단 운용의 경험이 있던 살로몬이 담배를 꺼내 물며 중얼거렸다.

"그렇지 않아도 강력한 무력 집단인데, 활용처가 생긴다. 이는 곧 권력을 쥔다는 의미지."

"맞습니다."

"연구원들은 기사가 요새의 권력을 쥐는 것을 두려워했습니다."

옆에서 일지를 읽던 란이 끼어들었다.

"여기에도 적혀 있네."

…….

그렇지 않아도 강력한 무력. 쓸 곳이 생기면 치고 올라와서 권력을 쥔다.

그러면 또 반복이다.

무기를 개발하고, 전쟁하고, 다시 종말로 돌아간다.

우리 부서가 언제 생물 공학 섹션에서 생체 '무기' 공학 섹션이 되었는지 잊지 말자.

하.

…….

이후 뒷부분은 찢어져 있었다.

아마도 안타리우스에 관련된 내용이었던 모양이다.

다음 내용은 생체 공학 무기, 언데드 솔져를 개발하고 1차 원정을 보낸 내용의 기록이었다.

아리스가 생전에 일지를 꼼꼼하게 적어서 큰 도움이 됐다.

1대 숙주로 공격한 루트를 비롯해 해룡의 외견, 특성 등을 알 수 있었기 때문이다.

일지를 확인한 현혜가 중얼거렸다.

-이거면 충분하겠다.

"뭐가?"

-공략. 각 잡히네.

푸르카스가 해룡을 풀었다.

해룡은 요새를 부수려고 한다.

이를 알아챈 요새의 연구원 일부가 해룡을 잡으려고 언데드 솔져 프로젝트 시행.

그런데 잘 안 돼서 오히려 요새의 사람들이 죽었다.

푸르카스의 개입 → 해룡.

푸르카스가 원하는 것 → 데이터베이스.

그렇게 생각하면 한 가지 의문이 남는다.

[10-1 역병 퇴치: 역병의 근원을 퇴치하고 최후의 요새를 수복하라.]

시스템이 주문한 것은 역병의 근원을 퇴치하고, 최후의 요새를 수복하라.

애매한 말이다.

역병의 근원을 퇴치하면 요새 수복은 따라오는 일이다.

즉, 플레이어가 따로 신경 쓰지 않아도 알아서 되는 일이라는 말이다.

태양이 머리를 긁적였다.

"그런데 왜 굳이 시스템 창에 적어 놓은 걸까?"

요새 수복은 맥거핀일까.

-그것도 그러네. 어차피 해룡을 통해서 요새를 부수려고 했으면서……. 어?

"뭔가 예상이 가는 게 있어?"

신전의
원코어
클리어

―음……. 가설일 뿐이지만.

현혜의 시뮬레이션을 이러했다.

태양 일행이 언데드 솔져와 전쟁을 치른다.

천신만고 끝에 슈퍼컴퓨터를 정상화시킨 태양 일행은 당연히 지쳐 있다.

그때를 노리고 해룡이 딱 치고 들어온다면?

푸르카스의 입장에서는 이미 문제 해결을 끝내 줬고, 플레이어에게 보상을 내리지 않아도 되고.

일석이조다.

―근데 솔직히 이건 너무 간 상상인 것 같긴 해. 이런 특수한 스테이지라고 해도 보상은 다른 스테이지랑 똑같잖아.

물론 스테이지의 합격률은 언제나 극악하지만, 마왕 역시 언제나 보상을 내리고 있다.

고작 클리어한 플레이어에게 보상을 주지 않으려고 그렇게까지 할 필요는 없어 보였다.

"뭐, 다른 생각은 이쯤 하고."

툭.

태양의 발치에 해변가 특유의 고운 모래에 뒤섞여 있는 뜯어진 사람의 팔이 걸렸다.

"사람……이라기에는 뭔가 많이 어색하네."

거칠게 뜯어진 단면임에도 불구하고 불끈 솟아있는 힘줄.

일반적인 인간이 가지기에 비정상적으로 커다란 굵기의 팔뚝.

　-언데드 병사임?

　-어우 쒸에에엣...

　-일지에서 1차로 원정 보내고 실패했다고 그랬으니까 맞게 찾아 가고 있는 거네.

　-와. 진짜 마술 같다. 꼭 밥 먹으면서 볼 때만 이런 장면이 마술같이 나오냐. 하... 몇 번째인지 모르겠네.

　-엄마... 밥 좀 나중에 해 줘도 되는데...

　-ㅁㅊ 불효자 ㅅㄲ들.

　-ㅎㅎ 나는 설거지하고 있어서 다행이다.

　요새의 한 면은 육지와 이어져 있었지만, 세 면은 바다와 인접해 있었다.

　바다와 인접한 면 중 한 면은 유사시에 탈출할 수 있게 항구가 조성되어 있었고, 두 면은 깎아지는 듯한 절벽으로 마법적인 수단이 아니면 넘어갈 수 없을 정도의 환경이었다.

　그리고 해룡이 거처하는 것으로 추정되는 지역은 깎아지는 듯한 절벽 사이에 교묘하게 생성된 자연 동굴이었다.

　전투의 흔적이 발견되자 동굴을 찾는 건 일사천리였다.

　절벽은 넓었지만, 흔적이 방향을 제시했기 때문이다.

　제시한 방향으로 란과 살로몬이 풍술과 마법을 이용해 지형을 탐색하니 찾지 않기가 더 어려웠다.

⁂

쿠구구궁.

낯선 질감의 흙, 수질.

그리고 자신을 휘감은 공기.

여전히 불쾌하다.

불쾌함은 알 수 없는 힘에 의해 이 세계에 떨어진 후 단 한 번도 가신 적이 없었다.

크르르르르르.

숨을 내쉼과 동시에 입가에 침이 흘렀다.

배가 고프다.

이 빌어먹을 낯선 땅은 먹을 것이 없었다.

그나마 있다고 한다면 머리 위에서 연명하는 고깃덩어리들.

원래 세계에서는 반복적으로 위협하면 강렬한 마력을 지닌 먹잇감들이 스스로 달려왔었다.

그건 인간의 특성이다.

위협하면 떼를 지어 찾아오는 것.

하지만 이 낯선 세계의 인간들은 달랐다.

빌어먹게도 악취를 풍기는 고깃덩어리들을 보내는 게 아닌가!

아무리 강렬한 마력을 가지고 있다고 해도 썩어 가는 고기는 당연히 싫다.

쿵, 쿵.

저도 모르게 바닥에 머리를 처박게 됐다.

조금 더 기다려 볼까.

썩은 고깃덩어리들로는 안 된다는 걸 알았으니 강렬한 마나를 지닌 인간 먹잇감들이 스스로 내려오지 않을까.

하지만.

기다리기에는 너무 배고프다.

저 위에 뒤척이는 기척들.

그걸 다 먹어 치워 버리면 당장의 허기는 가실 것도 같았다.

쿵. 쿵.

저걸 다 먹으면?

그다음은?

없다.

마나를 머금은 생명체는 말 그대로 없다.

이렇게 황량한 세계가 있다니.

크르르르르르르.

거친 숨이 목구멍을 타고 올라왔다.

주인이 자신을 버린 걸까?

왜?

자신은 주인의 명령을 충실히 이행했는데.

지금도 마찬가지다.

주인의 명령을 기다리고 있을 뿐.

사전 작업을 아주 충실히 이행하고 있었다.

그런데 왜 주인은 먹이를 가져다주지 않는가.

왜 아무런 명령을 하지 않는가.

그때.

후웅.

바람이 불어왔다.

쿠구구구구궁!

저도 모르게 다리와 허리에 힘이 들어갔다.

등에 곤히 접혀 있는 날개가 당장이라도 퍼덕일 듯 진동했다.

바람의 섞여 있는 짙은 농도의 마력이 침샘을 미칠 듯이 자극했다.

콰드드드득.

쾅. 쾅. 쾅. 쾅.

어지간히 깊숙이 파둔 동굴이지만, 급하게 나오니 단 네 걸음 만에 끝이 보였다.

크르르르르르르르르르.

입가에 저절로 침이 흘렀다.

오랜만에 찔러 오는 햇빛 따위는 무시한 채, 먹잇감의 숫자부터 셌다.

육질이 연한 암컷 먹잇감 하나.

퍽퍽한 대신 담백한 수컷 먹잇감 셋.

함유한 마력량은…… 기대 이상!

특히 중앙의 저 수컷은!

"허허, 저게 해룡이라고?"

해룡(海龍).

일지에는 용의 형상을 닮았고, 바다에 살기 때문에 해룡이라 이름 붙였다고 했다.

하지만 용을 직접 본 태양이 보기에, 저 괴물은 용이 아니었다.

"애초에 파충류가 아니잖아. 저건."

─나 저거 본 거 같은데. 그 뭐냐, 이집트에 그거 있잖아.

─스핑크스?

─ㅇㅇㅇ 스핑크스 저렇게 생기지 않음?

─스핑크스는 몸이 사자고 머가리가 사람인 동물인데요;

─근데 닮긴 닮은 듯? 몸통도 암튼 네발달린 포유류고, 머가리만 사람 대신 도마뱀으로 달아 놓은 느낌?

─ㅋㅋ 덩치도 ㄹㅇ 피라미드만 한 것도 스핑크스 닮았네.

─근데 쟤는 턱에 구멍 났나? 뭐 저리 침을 흘리냐.

─그니까. 드럽게.

후우우웅!

란이 휘두른 부채가 날카로운 송곳이 되어 해룡에게로 짓쳐들었다.

해룡은 마나 인지 감각이 특출 난 동물이었다.

그렇기에 란의 풍술이 얼마나 위협적인지도 잘 알았다.

이 세계에 떨어지기 전에는 민첩한 몸놀림으로 피해야만 할 정도의 위력.

하지만 지금은 다르다.

주인이 새로 부여한 권능이 몸에 자리한 지금은.

"크르르르르르!"

해룡은 무시하고 란을 향해 달려들었다.

그리고 무방비한 해룡의 옆구리에 꽂힌 풍아(風牙)는 해룡의 피부에 흐르는 묘한 빛의 전기에 스러졌다.

그 광경을 본 란의 동공이 확장됐다.

"플라즈마?"

"어떻게?"

푸르카스가 플라즈마를 이미 권능화했을 거라고 생각하지 못한 란은 당황했다.

당황한 사이, 해룡은 란의 지척까지 도달했고.

"크르르르르르륵!"

게걸스러운 침이 흐르는 아가리가 사정없이 찢어졌다.

"어딜!"

타이밍 좋게 커버 온 태양이 해룡의 턱을 올려쳤다.

스타버스트 하이킥(Starburst High Kick).

콰아앙!

기껏 벌린 입이 강제로 닫혔다.

해룡이 커다란 눈동자로 태양을 내려다보았다.

눈동자에 담긴 감정은 분노보다 흥분이었다.

그냥 다량의 마나를 무식하게 많이 함유하고 있는 줄 알았는데, 아니다.

가까이서 보니 보였다.

드래곤 하트.

그것도 보통 놈이 아니다.

성룡급의 심장이 다수이든가, 어지간한 고룡이든가.

이 정도의 용적에, 이 정도의 질.

이 마력을 감당하고 있는 수컷의 육질은 얼마나 달콤할까.

얼마나 찰질까.

식욕이 돋우어질수록 해룡은 힘 조절을 실패하기 시작했다.

해룡이 휘두른 오른발이 소리의 영역을 가볍게 뛰어넘은 속도로 태양을 때렸다.

콰아앙!

반사적으로 가드를 올린 태양이 그대로 수십 미터를 날아갔다.

심지어 바닷물 표면에 부딪칠 때마다 통통 튀기는 것이 물수

제비를 뜨는 것 같은 모양새였다.

-넙적한 인간 돌멩이 윤태양.

-ㅋㅋㅋ 시원하게 날아가네.

-이거 몇 개냐?

['고연수' 님이 1,000원을 후원하셨습니다!]

[어라라?]

['킹피는4연초진부터' 님이 10,000원을 후원하셨습니다!]

[저기 슬슬 걱정하셔야 될 것 같은데요;]

전열을 맡은 태양이 순간 전투 지역에서 강제로 이탈당했다.

그 말뜻은, 원거리 딜러인 살로몬과 란, 메시아가 해룡 앞에 무방비로 노출되었다는 이야기였다.

후우우욱.

바다 위의 살로몬은 담배를 태우지 않았다.

연기가 충분히 많았기 때문이다.

스모크 피스톨(Smoke Pistol) - 타입 개틀링(Type Gatling).

해무(海霧)로 이루어진 총신이 빙글빙글 돌아가기 시작했다.

이윽고.

퉁, 퉁, 퉁, 퉁.

퉁퉁퉁퉁.

투투투투투투투투투투투투!

"1초에 200발. 너 같이 덩치만 큰 떡대 자식들을 위해 개발한 마법이다."

해룡의 피부에 타고 흐르는 마법 저항이 흘려내기는 했지만, 압도적인 총량으로 밀어붙였다.

그만큼 마나 소모가 심하기는 했다.

살로몬은 영리하게도 마법의 원천을 해무, 자연에서 끌어오는 공정을 거침으로써 최대한 효율화시켰다.

그렇게 발휘된 살로몬의 마법은 해룡에게 치명적인 피해를 주지는 못했지만, 행동을 효과적으로 저지했다.

살로몬이 어딘가 불만족스러워 보이는 얼굴로 중얼거렸다.

"저지. 그거면 충분하지."

이 자리엔 살로몬 혼자 있는 게 아니었으니까.

라이트 브레이크(Light Break).

이클립스(Eclipse).

대낮이었던 요새 절벽 해안가가 어둠에 휩싸이고,

윈드 크래프트(Wind Craft).

타이푼 액셀러레이션(Typhoon Acceleration).

인첸트(Enchant) − 샤프니스(Sharpness).

허공에 맴도는 바람이 마력을 잔뜩 머금고, 거칠어지고, 날카로워졌다.

살로몬, 메시아, 란.

짧은 시간에 밀도 높은 폭격에는 자신 있는 플레이어들이었다.

사방에서 할퀴는 풍술의 난립.

더 정신없이 찍어 누르는 메시아의 초능력.

플라즈마의 마법 저항이 기어코 깨졌다.

"크르르르르!"

도약하려는 해룡 앞에 태양이 나타났다.

"아직 내 차례 남았어, 자식아!"

후웅.

다시금 휘둘러 오는 음속의 앞발.

−야. 아무리 윤태양이라도 저거 반응이 가능함?

−ㅇ. 윤태양을 그렇게 모름?

−어떻게든 반응함. ㅋㅋㅋ

−아니, 님들아. 지금은 진짜 장난 아닌 것 같다니까요?

−으쯔라구여.

이번에는 반응한다.

아니, 반응이 아니라 예상이다.

공격이 음속이라고 할지라도, 공격의 전조는 음속이 아니니까.

정의행(正義行) 4식 − 천꿍(天轟): 윤태양식(式) 어레인지.

태양의 주먹이 휘둘러 오는 해룡의 앞발에 정통으로 대항했다.

콰드드드드드득.

해룡의 앞발이 태양을 집어삼켰다.

하지만, 태양에게 피해를 주지는 못했다.

-무슨 크레이터를 만들어 놨네.

현혜가 질린 목소리로 중얼거렸다.

후우웅.

신성한 광명(光明)과 바람 정령에 휘감긴 태양이 크레이터의 중심부에서 다시 한번 주먹을 내질렀다.

쿠웅.

"크르르르르르!"

어지간히 아픈지, 손을 떨며 울음소리를 내는 해룡.

태양이 입꼬리를 비틀어 올렸다.

"손맛이 다르네."

차원의 원주민들이 만든 언데드 솔져에게서는 느끼지 못한 반응.

베르단디의 기도가 부여하는 멸악(滅惡) 속성이 제 기능을 하고 있었다.

-해룡. 확실히 마왕이랑 연관이 되어 있나 보네. 마음이 편하다.

콰아아앙!

또 한 번의 주먹질.

크레이터의 여파가 해룡의 손목뼈를 건드리자 기어코 해룡이 울부짖었다.

"크허허허허헝!"

동시에 뻗어 나오는 기세가 모든 마법적 술수를 해제했다.

태양의 버프과 살로몬의 스모크 매직, 란의 풍술을 동시에.

"꺄악!"

허공을 거닐던 란이 급작스럽게 추락했다.

해룡이 란에게 달려들었다.

태양이 위협적인 힘을 가졌다는 사실을 알고서 타깃을 바꾼 거다.

해룡에게 지금 중요한 것은 전투가 아니라 허기를 달래는 것이었기에.

"어딜!"

다시 한번 태양이 해룡의 동선을 가로막으려 했지만, 저지하기에 해룡은 너무 컸고, 태양은 너무 작았다.

후웅.

다시 힘을 일으킨 란이 아슬아슬하게 해룡의 앞발로부터 벗어났다.

움푹 패여 있던 앞발은 언제 그랬냐는 듯 온전한 모습이다.

콰아아아앙!

란 대신 내려찍힌 해수면이 거칠게 일렁여 파도를 만들었다.

"태양!"

란이 소리를 지르고, 현혜가 거들었다.

-지금인 거 같은데?

태양이 고개를 끄덕였다.

"도망친다!"

태양의 말에 살로몬과 메시아가 일사불란하게 후퇴했다.

후퇴.

당연하다.

RPG게임에서도 보스를 잡을 때 한 번에 잡지 않는다.

특성을 파악하고, 패턴을 파악하고, 스펙을 파악하고.

반복적으로 도전해 정보를 알아내고, 공략법을 만들어야 한다.

"생각 이상으로 괴물이네."

태양도 태양이지만, 란과 살로몬과 메시아도 동 층에서는 적수가 거의 없을 정도의 플레이어다.

하지만 해룡의 체급은 그것을 압도하는 수준이었다.

재해. 재앙.

당장 이 녀석이 요새로 뛰어 올라가면 막을 수 있는 존재가 있을까?

무엇보다 문제는 놈의 체급과 방어력.

태양 일행이 쏟아 낸 공격을 대놓고 받아 내고도 털끝 하나 손상되지 않은 건재함.

후우웅.

"크르르르르르!"

파아아아아앙!

해룡의 앞발이 다시금 애꿎은 해수면만 때렸다.

란이 힐끗 뒤돌아보며 불안한 목소리로 중얼거렸다.

"생각보다…… 강하다? 태양, 우리 그거…… 되는 거 맞지?"

태양이 단호하게 말했다.

"의심하지 마."

우리 현혜는 틀린 적이 없어.

푸시킨에서 시작된 러시아 문학 황금시대의 마지막 작가.

극작가로서의 명성은 역사상 최고의 작가로 꼽히는 셰익스피어와 쌍벽을 이루는 사람.

의사이자, 단편 소설가이자, 극작가인 남자.

안톤 체홉.

안톤 체홉은 '체홉의 총'이라는 클리셰를 만들었다.

작품에 잠깐이라도 등장한 총은 극이 끝나기 전에 반드시 한 번은 발포되어야 한다는 것이다.

"그러니까, 좀비…… 아니, 언데드 솔져를 반드시 써먹으셔야겠다?"

-그래. 효율을 추구해야지.

"그냥 잡으면 안 돼?"

─응, 안 돼.

아리스가 일지에 서술한 해룡.

푸르카스가 한 차원을 멸(滅)하기 위해 내보낸 존재다.

그런 존재가 약할 리가 없었다.

그렇기에 현혜와 태양 일행은 최선을 다하고, 최고의 효율을 뽑아내야 했다.

─그리고 안타리우스는 네가 느끼기에도 강력했잖아.

"그건 그렇지."

─해룡을 잡고 나서도 생각을 해야지.

일지의 내용에 따르면 요새 안에는 그런 존재가 수십, 수백 마리가 모여 있다.

해룡을 잡은 슈퍼컴퓨터가 알아서 처리하려 해도, 이미 일부 언데드 솔져는 슈퍼컴퓨터가 스스로 제어권을 놓아 버렸다.

즉, 요새 안에 있는 전력을 소비할 필요가 있다는 말이다.

─이를 테면 이이제이(以夷制夷)라는 거지.

"또, 또. 괜히 있어 보이려고 어려운 말 쓴다."

여하간, 그게 지금 현혜가 연구소의 지도를 보며 언데드 솔져들을 끌어모을 최적의 동선을 연구하는 이유였다.

─파괴된 곳이 없을 리가 없어. 사전 답사도 필요하고.

"알았어. 그러니까 결국은 한 번 더 다녀오라는 이야기잖아."

─알았으면 빨리 움직여. 아참, 메시아는?

"우르프한테. 슈퍼컴퓨터 조작법 배우려고."

─아, 하긴. 배워 두면 좋지. 변수가 있으니까.

⚜

콰드드드득.

태양 일행의 도주 경로는 절벽이었다.

그러니까, 해안가를 따라 도는 게 아니라 절벽을 맨몸으로 오르고 있었다.

놈을 곧바로 요새 안쪽으로 유도할 필요가 있었기 때문이다.

해안가를 따라 요새로 들어오면 괜히 주변을 돌아다니는 약한 녀석들 때문에 이런 저런 변수가 너무 많았다.

절벽을 오른 지 30초나 지났을까.

밑에 있었을 때는 코끼리만큼 컸던 바위들이 벌써 주먹만 해졌다.

투두둑.

투두둑.

발 디딜 부분의 바위가 약했는지 그대로 바스러졌다.

하지만 문제는 없다.

일반적인 생명체의 기준을 한참이나 초월한 반사 신경과 민첩성은 균형을 잃기 전에 다른 디딤대를 찾아냈다.

"아이! 태양!"

밑에서 란이 짜증스럽게 소리를 내질렀다.

태양보다 고도가 낮았던 탓에 흙더미를 맞은 모양이었다.

"미안!"

란은 절벽에 바짝 붙은 채 날고 있었다.

그리고 그 밑으로, 메시아와 살로몬이 절벽을 기어오르고 있었다.

"빌어먹을. 내가 이런 짓까지 하게 될 줄은 몰랐군."

"……스모크 게이트는 얼마나 남았나?"

"아직 한참."

차원 미궁 12층 출신의 마법사와 지구 출신의 플레이어가 맨몸으로 절벽을 기어오르며 담소를 나눴다.

일반적인 사람이라면 불가능하다.

육체를 주로 사용하지 않는 마법사도 일반적인 사례로 보자면 솔직히 힘들다.

하지만 차원 미궁이 개입하는 순간 달라진다.

업적은 단련과 상관없이 신체에 성능을 상향시킨다.

이제 거의 30층에 다다라가는 플레이어들은 전열이든 중열이든 후열이든 상관없이 육체적으로 초인이었다.

쾅득.

담소를 나누는 그들 밑으로 거대한 발이 나타났다.

발은 거대한 절벽을 움푹 내리찍었다.

순식간에 발목까지 들어간 해룡의 앞발이 절벽을 거칠게 진

신전의
원코인
클리어

동시켰다.

동시에 뚝 떨어져 나갈 것처럼 아슬아슬하게 떨리는 절벽.

통째로 떨어져 나가는 거라 반사 신경이든 뭐든 개입할 수 있는 여지가 없었다.

쩌저적.

순식간에 균열이 생기고, 번진다.

태양의 방송 화면으로 보는 시청자들에게도 확연히 느껴질 정도로 커진 균열.

-떨어진다.

-메시아 죽으면 안 돼.

-ㅈㄴ 아슬아슬하네.

-스킬 딜러가 셋인데 보스한테 마저 99%를 쳐 달아 놨냐.

-ㅋㅋㅋㅋㅋ 푸르카스가 짬 때린 차원이라더니 ㄹㅇ 밸런스 완전 망쳐 놨네.

-개발자 밸패 안 하냐. ___

-마왕들이 밸패를 왜 함.

-걔네들은 윤태양 죽으면 꼬셔할 듯.

-ㄹㅇ... 푸르카스 입장에서는 자기 일 망치려고 들어온 반동분자잖음.

해룡의 몸체도 균형을 잃긴 했지만, 후위에서 올라가던 메시아와 살로몬에 비할 바는 아니었다.

"크르르르르르르르르!"

해룡이 붉게 타오르는 듯한 눈동자로 아슬아슬하게 절벽을 붙잡은 살로몬과 메시아를 바라봤다.

떨어지는 순간 바로 입 안에 집어넣을 생각이었다.

투두둑.

놀랍도록 가벼운 소리와 함께 메시아와 살로몬이 붙잡고 있던 절벽면이 그대로 떨어져 나갔다.

둘은 빠르게 돌을 딛고 박차며 소리쳤다.

"란!"

"오케이!"

괴력난신(怪力亂神) – 갈고리 바람.

콰아아아아아아아아아앙!

란의 갈고리 바람이 두 사람을 낚아챔과 동시에 해룡의 앞발이 거대한 절벽면을 산산조각 냈다.

아니, 절벽면 절반은 산산조각의 수준으로 갈라졌다.

나머지 절반은 그냥 흙먼지가 되어 흩어졌고.

얼마나 큰 운동에너지가 있어야 저런 일이 가능한지 어림짐작도 되지 않았다.

"크르르르르르르르르!"

간결한 동작.

그에 비례하지 않는 파괴력.

거대한 덩치에 걸맞지 않은 탄력으로 쫓아오는 해룡의 피지 컬은 말 그대로 어마어마했다.

이대로라면, 따라잡힌다.

콰드드득.

란의 보조로 다시 자리를 잡은 메시아와 살로몬이 다시금 절벽을 타 오르는 와중, 태양이 그들을 스쳐 밑으로 떨어진다.

메시아가 소리쳤다.

"태양!"

"먼저 가!"

본래 그림은 메시아와 살로몬이 간간이 원거리에서 견제하고, 그때마다 란이 그들의 이동을 감당하는 형식이었다.

태양은 혹시 모를 변수를 차단하는 역할이고.

하지만 계산이 틀어져 버렸다.

플라즈마라는 말도 안 되는 권능을 가진 해룡은 살로몬과 메시아의 견제에 꿈쩍도 하지 않았고, 심지어 생각 이상으로 민첩했다.

미친 듯이 오르기만 해도 조금씩 따라잡힐 정도의 속도.

견제 캐스팅을 할 최소한의 틈조차 나오지 않았다.

그 결과, 절벽의 절반도 채 오르지 못했는데 턱 끝까지 쫓아오는 것을 허용해 버렸다.

"이대로는 답 없어. 절벽까지 못 올라가."

플라즈마를 담은 놈의 포효는 일순간 마력을 무력화시켰다.

해룡이 일행을 완벽히 따라잡으면 자연히 절벽은 놈의 차지.

당연히 남은 셋은 란의 풍술에 의존해 공중에 몸을 띄울 수밖에 없다.

란의 풍술이 일순간 마비되어 버리면서 다시 바닥으로 떨어졌다.

"그렇게 되면 계획이 죄다 어그러져."

답은 한 가지다.

해룡을 떨어뜨린다.

ㅡ여차하면 너도 같이.

"오케이."

한쪽 발목을 박아 넣은 해룡이 떨어지는 태양을 향해 반대 발을 휘둘렀다.

콰아아앙!

허공을 때리는 데에도 폭탄 터지는 소리가 났다.

"시끄러워, 자식아."

말과 함께 태양의 발이 절벽을 강타했다.

콰득.

정확히는 해룡이 발목을 박아 넣은 그 부위다.

노리는 것은 해룡과 같다.

절벽째로 떨어뜨려 버릴 심산.

태양의 의도를 눈치챈 해룡이 대응하려 했지만, 때는 이미 늦었다.

콰득, 콰득, 콰득.

발목을 박아 넣은 지역, 반대편 발을 박아 넣을 만한 지역.

해룡이 취할 수 있는 모든 경우의수를 빠르게 제거해 나갔다.

'이렇게 하면, 선택지는 하나로 좁혀들지.'

특유의 탄성을 이용해 멀리 튀어 오르는 것.

콰드드득.

무너지는 디딤돌이 지지대 역할을 충분히 해 주지 않지만,
그럼에도 불구하고 놈은 튀어 올랐다.

그리고.

천뢰굉보(天牢轟步): 윤태양식(式) 어레인지.

천뢰굉보(天牢轟步): 윤태양식(式) 어레인지.

천뢰굉보(天牢轟步): 윤태양식(式) 어레인지.

비산하는 돌 더미 사이에서 세 번이나 허공을 박찬 태양이
해룡의 미간에 대고 손을 뻗었다.

정의행(正義行) 1식 - 통천(通天): 윤태양식(式) 어레인지.

콰드드드드득.

마나를 한계까지 머금은 태양의 팔.

번뜩이는 해룡의 눈동자가 궤도를 예측하고 피하려 하지만,
의미 없는 몸부림이다.

공중에서 날고 기어 봐야 동선은 뻔하니까.

콰아아앙!

"천천히 올라와."

"크르르르르르르르라아아아아아!"

해룡이 분노에 찬 단말마를 내지르며 떨어져 내렸다.

───※───

요새로 진입하고 나서 발생한 짧은 여유 시간은 쉬는 시간이
아니었다.

해룡이 보여 준 움직임에 맞춰 작전을 수정하는 시간이었다.

"생각 이상이야."

"플라즈마는 솔직히 상상 못 했는데, 우리랑 상성이 너무 안
좋은 거 아니야?"

"이럴 줄 알았으면 플라즈마에 대한 대책을 세우는 거였는
데."

살로몬과 란이 중얼거렸다.

메시아가 고개를 저었다.

"지나간 후회는 의미 없다. 다음을 생각하지. 그나저나 놈이
절벽을 올라오면서 보여 준 움직임. 그 정도로 계속 움직이면
원주민들의 참여가 의미가 없어져. 그냥 빨리 등장시키고 배제
하는 게 낫다."

"찬성이야."

해룡이 강할 거라는 예상은 했지만, 설마 메시아와 살로몬,
란을 공통적으로 카운터 치는 사기적인 능력, 플라즈마를 가지

신전의
원코인
클리어

고 있을 거라고 예상하지는 못했다.

살로몬이 '스모크 피스톨 – 타입 개틀링'과 같은 기술로 잠시 녀석을 홀딩하기는 했지만, 그런 홀딩은 무한정 할 수 있는 것이 아니다.

잠깐, 단 3초 정도만 자유로워져도 원주민들은 죽사발이 날게 분명한데 전투에 참여시킬 수는 없었다.

–다행이지?

"응."

태양이 고개를 끄덕였다.

RPG 게임으로 치자면, 살로몬과 란, 메시아는 딜러다.

태양이 아무리 날고 긴다지만, 마법 저항력 극상에 육체도 탄탄한 해룡.

심지어 건축물 정도 체급이다.

정말로 때리다 지치는 그림이 연출될지도 몰랐다.

하지만 현혜의 설계 덕분에 살로몬과 란, 메시아가 넣어 줄 딜을 언데드 솔져들이 대신 책임져 줄 수 있게 됐다.

후웅.

부채를 휘두른 란이 나른한 목소리로 중얼거렸다.

"지금 나와. 조금 이르지? 계획은 차질 없으니까 걱정하지 말고."

쿵, 쿵.

와다다다다다다다!

요새 반대편에서 소음이 울려 퍼졌다.

그리고.

플라즈마 입자포 개방.

쾅과과과광.

요새 벽면이 부서지고, 우르프와 여섯 명의 일행이 나타났다.

"허억, 허억."

"도착했습니다."

그들은 눈을 반개한 채 땀과 먼지에 절어 헥헥 댔다.

일부는 헛구역질을 할 정도였다.

"고생했다."

"아니, 아닙니다."

입가를 훔친 우르프가 힘겹게 대답했다.

"아니긴. 아, 너희 빨리 나가."

"예?"

"전장 이탈하라고. 그래서 일부러 빨리 부른 거야."

원주민 일행의 눈에 반감이 깃들었다.

"분명 저희도 전장에서……."

태양이 단호한 어투로 우르프의 말을 끊었다.

"닥쳐."

"에?"

"닥치라고. 해룡의 무력이 정도 이상이야. 있으면 100% 죽어.

장담할 수 있어."

더 이상의 언쟁은 없었다.

키에에에에에엑!

키에에에에에엑!

키에에에에에엑!

플라즈마 입자포를 통해 빠져나온 통로에서 기괴한 울음소리와 방대한 기척이 쏟아져 나오기 시작했으니까.

얼핏 쏟아져 나오는 숫자만 순식간에 기백을 넘었다.

통로 안 역시 괴물들이 빽빽하게 들어차 있었다.

우르프 일행은 현혜가 고심을 거듭한 루트 덕분에 적어도 중층 이하의 언데드 솔져를 모두 끌어내는 데 성공했다.

콰득, 콰득.

쿵.

동시에 해룡의 앞발이 요새로 너머로 드러난다.

"와, 더럽게 빠르네."

예상보다 일찍 끌어온 탓에 몇 분 정도 상대해야 할 줄 알았는데.

이윽고 거대한 동체가 온전히 요새 안으로 들어왔다.

키에…….

우르프 일행을 쫓으며 고함을 질러 대던 언데드 솔져들이 마술처럼 조용해졌다.

그것은 아주 짧은 소강상태였다.

메시아가 조용히 중얼거렸다.

"그럼 나는……."

메시아가 멈칫거렸다.

우르프가 눈치 좋게 메시아 옆에 따라붙었다.

후욱.

스모크 매직: 더스트 게이트(Dust Gate).

연기로 된 차원문이 깔끔하게 빈 요새 저층과 연결됐다.

"네가 가장 중요해. 알지?"

메시아가 고개를 끄덕였다.

"데이터, 가져오겠다."

후웅.

둘이 사라지고, 소강상태는 짧은 소강상태가 끝났다.

해룡 대 좀비.

─좋아. 굿이나 보고 떡이나 먹어 볼까.

해룡의 눈은 여전히 태양 일행을 향하고 있었지만, 그것은 의미 없었다. 엄청난 물량의 언데드 솔져가 미친 듯이 달려들기 시작했으니까.

───※───

플라즈마는 고체, 액체, 기체에 이어 제4의 물질 상태로 정의할 수 있다.

신컨의
원코인
클리어

"그건 지구에서 정의한 플라즈마의 이야기지."

차원 미궁, 우르프의 차원에서 정의한 플라즈마는 다르다.

대기에 자연스럽게 존재하는, 하지만 지구에는 존재하지 않는 마나라는 이름의 에너지를 재가공한 에너지.

복잡한 수식과 구조로 만든 기계에 마나를 여과하여 마나의 구성을 완전히 반대로 뒤집어 '그 무엇보다 마나와 뒤섞이지 않는' 에너지가 바로 플라즈마였다.

플라즈마 무기는 에너지 무기 공학 섹션에서 만든 혼신의 역작이었다.

지구와는 전혀 연관이 없다는 이야기다.

하지만 아이러니하게도 그 결과는 지구인인 우리에게 아주 친숙한 형태로 나타났다.

빛의 광선, 광자포(光子砲), 혹은 입자포.

쉽게 말하자면 레이저 병기와 그 형태가 같았다.

플라즈마 에너지는 푸르카스가 권능화시킬 만한 가능성이 잠재되어 있는 기술이었고, 실제 활용에서도 그랬다.

란이나 살로몬이 마법을 활용해도 까다롭게 진행할 일을 플라즈마 병기로는 손쉽게 할 수 있었다.

예를 들면.

"저 위까지 닿는 게 쉽지 않은데."

"그러게 말이야."

"이거, 좋긴 좋아."

플라즈마 광선은 란이나 살로몬이 마나를 이용해도 닿지 않을 곳까지 닿았다.

후욱 하고 담배 연기를 내뿜은 살로몬이 중얼거렸다.

"솔직히 닿으라면 닿을 순 있어. 비효율적일 뿐이지."

"그게 못 닿는 거 아니야? 자존심은."

"아니, 달라. 나도 할 수 있다."

"효율 면에선 졌고?"

"크흠."

원주민 일행은 서둘러서 전장을 빠져나갔지만, 플라즈마 무기는 놓고 갔다.

란과 살로몬이 동시에 방아쇠를 당겼다.

[플라즈마 입자포 개방.]

[플라즈마 입자포 개방.]

광선이 발생되며 나는 특유의 고음 사이에 '타앙—' 하는 강철 마찰음이 섞여 있다.

공이가 플라즈마 에너지 탄약을 내리쳤다.

플라즈마 에너지 탄약이 깨지며 광자가 확산했다.

빈 공간으로.

빈 공간은 당연히 총구다.

총열을 지나며 자연스럽게 형태가 고정된 입자포가 사수가

신의
원코인
클리어

정해 놓은 궤도를 따라 일직선으로 뻗어 나갔다.

쿠구구구웅.

입자포가 요격한 장소는 요새였다.

우르프 일행이 차마 도달하지 못한 고층의 외벽면.

물론 요새 벽면을 부수지는 못했다.

원주민들은 플라즈마 에너지를 개발하는 것만큼이나 요새의 방어력에 신경을 썼으니까.

"그래도 이 정도면 최소한의 어그로는 끌렸겠지?"

이내 고층에서 몇몇 언데드 솔져가 떨어졌다.

소란에 이목이 쏠려 벽면으로 달려왔다가 해룡을 발견한 모양이었다.

확신할 수 없지만, 안타리우스급으로 강화된 개체로 보였다.

예상외의 성과에 태양이 두 눈을 동그랗게 떴다.

"오, 이 정도면?"

"나름 선방했네. 솔직히 기대도 안 했는데."

"솔직히 이렇게 끌어오는 것보다는 메시아가 움직이기 편하게 해 주려고 했던 건데. 뜻밖의 행운이네. 이 상태로 전투가 지속되면 슈퍼컴퓨터가 알아서 충원 병력을 보내지 않을까?"

"그랬으면 좋겠다. 그런데 아마 그럴 것 같아. 상황을 파악하는 즉시 보내겠지."

말과 동시에 태양의 시선이 전장으로 돌아갔다.

전장.

언데드 솔져와 해룡이 통한의 격전을 벌이고 있는 곳을 지칭했다.

─캬아.

현혜가 저도 모르게 감탄사를 내뱉었다.

단탈리안의 플레이어가 겪는 경험을 영상화하면 어지간한 영화보다 더 재미있다는 이야기는 항상 도마에 오르는 주제다.

실제로 단탈리안 출시 이후로 영화 매출이 하락세로 돌아섰다는 연구 결과가 있기도 했다.

굳이 태양의 플레이를 영화에 비교해 보자면, 태양이 처음 게임 '단탈리안'에 접속했을 때 장르는 격투물이었다.

마나라고는 전혀 모르던 그 시절.

오직 육체만을 이용해 스켈레톤 병사를 한 땀, 한 땀 쥐어 패는 태양의 호쾌한 주먹질이 관전 포인트였다.

그리고 탑을 오르면서.

정확히는 차원 미궁의 시스템, 업적이 태양의 신체 능력을 극적으로 향상시키면서 장르가 변질됐다.

굳이 한 단어로 정의하자면 슈퍼히어로물이다.

기본적으로는 슈퍼히어로물이면서, 스테이지의 내용에 따라 다른 장르로 분류할 수 있다.

하지만 단언컨대 지금 같은 장르는 없었다.

이런 장면은 없었다.

"크르르르르르르!"

괴수가 앞발을 휘두르자 족히 기백의 언데드 솔져가 그대로 터져 나갔다.

터져 나오는 혈액의 양이 정도를 넘어서 피가 아니라 케첩처럼 보일 정도로 비현실적인 장면이었다.

그리고 그 혈액의 장막을 뚫고, 몇몇 특출난 능력을 지닌 언데드 솔져들이 뛰어올랐다.

어떤 이는 등에서 뼈로 된 대검을 뽑아내고, 어떤 이는 비대하게 진화한 오른팔을 휘둘렀다.

그 뒤에서 다른 언데드 솔져가 검녹색의 산성을 뱉어 내기까지.

그 모습은 꼭 세계의 멸망에 대항하는 용사 같았다.

"뭐, 사실 딱히 틀린 말도 아니긴 하지."

위협적인 언데드 솔져들의 서슬에 해룡이 펄쩍 뛰어 자리를 피하자 다른 언데드 솔져가 달라붙었다.

그리고 자폭했다.

콰아아아앙!

멋진, 영화 같은, 환상을 체현한 장면은 기존에도 많았다.

하지만 이번 스테이지의 지금 전투는 유독 더했다.

슈퍼히어로물이면서, 좀비물이면서, 괴수물이면서, 초능력자들의 대규모 전쟁 장면까지.

온갖 장르가 복합적으로 섞였다.

-30분 전에 치킨 시켜 놓은 나 자신 칭찬해.

-나 태어난 이유 찾았다. 오늘 윤태양 방송 보려고 태어난 거네.

-ㅋㅋㅋㅋ 주접은.

-ㄹㅇ 가슴이 웅장해진다.

-솔직히 나 단창 인생이었는데 이 정도 퀄리티인 장면 처음 봄. ㅋㅋㅋ.

-ㄹㅇㅋㅋ.

-개인적으로 단탈리안 방송 역대 1위 장면은 운타라 브레스 정면으로 맞는 장면이었는데, 지금 바뀜.

-나는 운타라 레이드였는데.

-뭘 모르네. 클랜전이 재밌었지.

-그래서 지금 이 장면보다 나음?

-그건 아니지.

-ㅋㅋㅋㅋ 역대 1위 전투 장면 논쟁 오늘 끝났네.

그리고 장면이 결정적으로 예뻐 보이는 이유.

전투에 참여하지 않은 태양이 온전히 제3자의 입장에서 관전하고 있기 때문이다.

완벽한 장면은 카메라를 들이대기만 해도 명장면으로 남는다.

하지만 주인공 시점으로 이리저리 흔들어 대면 어지간한 명

장면도 그냥 대단해 보이는 장면처럼 보일 뿐이다.

기본적으로 지구의 사람들은 3인칭의 시각으로 영상물을 보는 게 익숙하기 때문이다. 그래서 실제로 몇몇 길드는 카메라맨 전용 플레이어를 데리고 다니기도 했다.

여하간 의도한 것이 아니지만, 태양은 저도 모르게 카메라맨을 하고 있었다. 그것도 이제껏 인류가 도달하지 못한 최고 난도 수준의 스테이지에서.

격이 다른 전투를 처음으로 '제대로' 관전하게 된 플레이어들의 반응은 과장되어 보이지만, 과장된 것이 아니었다.

채팅 창의 반응과는 별개로 진지하게 전투를 지켜보던 태양이 앞머리를 쓸어 올렸다.

전투의 첫 양상은 해룡의 우세였다.

원주민들이 1차 숙주라 명명한 개체 중 특출 나게 강한 몇몇 언데드 솔져가 간간이 피해를 입히기는 했지만 미비한 수준이었다.

반면 해룡이 내뻗는 한 수는 하나하나가 진형을 붕괴시킬 정도로 강력했다.

가히 코끼리와 토끼 무리가 싸우는 형세라 할 수 있겠다.

하지만 전투가 길어지고, 고층의 언데드 솔져가 더 떨어져 내리면서 양상이 뒤집혔다.

태양도 경시하지 못할 정도로 강력한 언데드 솔져가 일순간 파도처럼 쏟아져 내린 것이다.

"……저건 플라즈마를 이용한 검인가?"

"키메라라니. 그것도 인간 둘에 괴수를 최소 다섯……. 인격이 없는 컴퓨터는 정도 이상의 짓도 무리 없이 벌이는군. 어지간한 흑마법사도 안 할 짓을."

태양이 이미 경험했던 것처럼, 강화된 언데드 솔져는 새끼줄처럼 질겼다.

그리고 일부는 송곳처럼 특출 난 공격력을 가지고 있었다.

악착같이 버티고, 어떻게든 한 번씩 상처를 만들어 가는 언데드 솔져들.

해룡을 공략하기 위해 끊임없이 개발을 거듭한 10세대 슈퍼컴퓨터의 승리가 점쳐지는 듯했다.

하지만 상황은 다시금 반전됐다.

전황이 불리해진 것을 깨닫자 해룡이 변태(變態)했다.

간단히 정리하자면, 그렇지 않아도 컸던 녀석이 더 커졌다.

―……크고 아름다워졌네.

―아니 ㅋㅋㅋㅋㅋ.

―왜 네가 진화하냐고 ㅋㅋㅋㅋㅋㅋㅋ.

―장르에 소년 만화도 추가해야 되냐?

―주인공이 윤태양이 아닌데?

―여튼 얼추 맞기는 하잖음.

채팅 창은 여전히 장난기로 가득했다.

하지만 전투가 지속될수록 태양의 얼굴은 굳어졌다.

태양뿐만 아니었다.

살로몬도, 란도 마찬가지였다.

❦

단탈리안과 혓바닥으로 전투를 치르다시피 하던 푸르카스의 얼굴은 시간이 지날수록 밝아졌다.

"단탈리안, 다른 마왕들 사이에 네 평판이 어떤지 아나?"

"딱히 궁금하진 않습니다."

"속을 알 수 없는 놈. 어떻게든 제 이득만큼은 챙겨 가는 놈. 엮이는 모든 존재가 좋은 꼴을 못 보는 놈. 그렇기 때문에, 만나기 꺼려지는 놈. 그게 네놈의 평가다."

"……지금 자기소개 하시는 겁니까?"

단탈리안의 말에 푸르카스가 풋 웃었다.

"너랑 나는 비슷하지만 달라."

굳이 비유하자면 푸르카스는 흙탕물 같은 존재다.

흙탕물은 환경이다.

흙탕물을 좋아하는 물고기는 의도적으로 찾아오고, 싫어하는 물고기는 근처로 오지 않음으로 피해를 입지 않을 수 있다.

반면 단탈리안은 미꾸라지다.

미꾸라지는 깨끗한 물을 뒤엎어 흙탕물로 만든다.

굳이 다가와서 흙탕물을 싫어하는 물고기들에게까지 피해를 주는 존재다.

"너는 굳이 원한을 사지. 나랑은 다르게 말이다."

원한이라고 거창하게 표현할 필요 있을까.

부정적인 감정들.

질투, 시기, 고까움과 같은 감정.

아주 긴 시간을 살다 보면 이런 감정도 결코 넘어가지 못하게 된다.

단탈리안이 고개를 갸웃거렸다.

"원한이라. 원한을 두려워하는 마왕도 있습니까?"

"그 상대가 마왕이라면 다르지. 마왕 중에 원한을 잊는 마왕도 있더냐?"

"음. 당신이 해 주는 걱정은 좀 새롭긴 하지만, 역겹군요. 사양하죠."

단탈리안의 말에 푸르카스가 특유의 가래 끓는 목소리로 클클클 웃어 댔다.

단탈리안의 실패를 바라는 마왕은 의외로 많다.

그리고 그중 하나가 바로 푸르카스였다.

단탈리안도 '연기'했지만, 푸르카스도 마찬가지였다는 이야기다.

단탈리안은 믿을 수 없는 마왕이고, 푸르카스는 손해를 보는 상황 자체를 극심하게 싫어하는 마왕이다.

그렇기에 단탈리안의 낌새가 이상한 그 순간, 푸르카스도 필연적으로 알아챘다.

그리고 망설이지 않고 마주 수작을 부렸다.

이번 스테이지에 풀어놓은 괴수.

원주민들은 해룡이라 지칭했지만, 실상은 다르다.

푸르카스가 수십 개의 차원을 오가며 가장 적합한 생명체만을 선택해 만든 '차원 정복 전용' 키메라다.

당연히 살아가며 수십, 수백의 차원을 정복할 때 써야 할 말이기에 엄청난 기간의 수명을 가지고 있었다.

그리고 단탈리안과 말싸움을 하는 과정에서, 푸르카스는 키메라를 폭주시켰다.

엄청난 기간의 수명을 동시에 태우는 키메라는 일순간 이나마 마왕의 발끝이나마 범할 수 있는 존재가 된다.

'초월'의 격에 그 발을 걸친다는 이야기다.

물론 그만한 전력을 이렇게 연소시키는 건 명백한 손해다.

하지만.

상관없다.

'이번 일은 네가 먼저 선을 넘었다. 단탈리안.'

제 밥그릇을 대놓고 침범하려는 수작.

이것을 두고 넘어간다면 얕보여서 오히려 다른 마왕의 타깃이 될지도 모른다.

푸르카스는 보통이라면 이런 상황을 참아 넘기는 편이지만 그것에도 선이 있는 법이다.

감정의 선.

혹은 비즈니스의 선.

단탈리안은 둘 다 넘었다.

태양을 이번 일에 끌어들인 순간 푸르카스의 입장에서는 무슨 선택을 하든지 자신의 손해밖에 남지 않게 되었다.

푸르카스가 범한 명백한 실책.

시간은 돌이킬 수 없고, 그러므로 실책도 주워 담을 수 없다.

다만 수습할 뿐이다.

태양은 단탈리안이 최근 가장 많은 공을 들인 말이다.

키메라 역시 푸르카스의 쓰임새가 아주 많은 말이지만, 역대 최강의 재목이라 불리면서 단탈리안의 말이 되어 버린 태양과 비교하자면 손색이 있다.

교환한다면?

푸르카스가 볼 손해만큼 단탈리안도 손해를 입는다.

단탈리안이 무표정한 얼굴로 푸르카스를 바라봤다.

반대편의 화면에서 폭주하는 키메라가 괴성을 질렀다.

"크아아아아아아아악!"

우르프의 누나이자 생체 무기 공학 섹션의 연구실장 아리스가 개발한 병기.

언데드 솔져.

실로 혁신적이고 충격적이며 대단한 발명임을 인정하지 않을 수 없었다.

10세대 슈퍼컴퓨터가 그녀의 의지를 이어 개량을 거듭한 언데드 솔져는 마왕이 차원에 집어넣은 멸망을 거의 막을 뻔했다.

"크아아아아아아아악!"

숫제 사람의 비명처럼 들리는 해룡(海龍)의 울음소리가 요새 전반을 뒤흔들었다.

안타깝다.

결론부터 말하자면, 언데드 솔져는 실패작이었다.

왜? 해룡을 사살하지 못했으니까.

사지를 절단 내고, 몸통에 구멍을 뚫고, 한 번은 머리를 두 갈래로 찢어 놓는 데까지 성공했으나 해룡은 죽지 않았다.

해룡의 변태(變態)는 수차례에 걸쳐 이루어졌다.

첫 번째 변태를 마친 해룡은 덩치가 커졌다.

잠깐 알 껍질에 뒤덮였다가 나왔다는 이유 하나만으로 밀리던 전황은 순식간에 백중세로 되돌아갔다.

슈퍼컴퓨터가 상황을 확실히 인지하고 나서도 전황은 바뀌지 않았다.

시간이 갈수록 점점 더 강한 언데드 솔져가 내려왔고, 더 효과적으로 해룡에게 대처했지만 오히려 무게 추는 해룡에게로 기울었다.

변태는 점점 더 빠르게 끝났고, 해룡은 변태를 거듭할 때마다 기하급수적으로 강해지는 동시에 상처를 회복했다.

처음 등장했을 때는 스핑크스를 닮았느냐 어쩌냐 했던 해룡의 외견은 이제 완전히 달라졌다.

피부는 보석을 뒤집어쓴 것처럼 반들거리는 동시에 단단해졌다.

더욱 크고 날카로워진 이빨은 수백, 수천의 언데드 솔져를 거침없이 씹어 삼켰으며, 동물을 닮았다고 생각했던 몸체는 언데드 솔져처럼 생체 병기의 징그러운 그것에 더 가까워졌다.

태양 일행은 이해할 수 없었지만, 푸르카스가 조합, 배양한 키메라의 본모습이 바로 그것이었다.

짧은 사이에 해룡은 무엇을 닮았다고 지칭할 수 없는, 언데드 솔져처럼 흉물스러운 무언가가 되어 있었다.

그리고 플레이어인 태양과 란, 살로몬은 외견만 바뀐 게 아니라는 사실을 알았다.

풍기는 기세가 다르다.

피부로 느껴지는 압박감이 다르다.

그리고 가볍게 움직이는 신체에서 발휘되는 물리력이 다르다.

전황이 뒤바뀐 순간부터 태양 일행도 구경만 하지 않았다.

"란!"

괴력난신(怪力亂神) - 태풍(颱風).

어느새 까마득한 상공으로 올라간 란이 일대의 바람을 모조

신전의
원코인
클리어

리 지휘했다.

언데드 솔져들의 공격 템포에 맞춰 들어간 더없이 깔끔한 타이밍의 거대 규모 풍술이었다.

콰드드드드드드득!

흉포하기 그지없는 바람의 칼날이 보석같이 번뜩이는 해룡의 가죽을 할퀴었다.

"크르르르!"

하지만 놈은 개의치 않은 듯했다.

"이거, 피해를 입고 있는 건 맞아?"

란도, 살로몬도, 현혜도 확답하지 못했다.

해룡의 반응이 너무도 미적지근했다.

뭔가 잘못됐다.

"이게 말이 되나?"

─아무리 플라즈마로 저항했다지만…….

일행 중 최고 화력을 꼽으라면 당연히 태양이지만, 그렇다고 란이나 살로몬의 화력이 부족하냐고 물어보면, 그렇지 않다.

그다음으로 작렬한 살로몬의 공격 역시 마찬가지였다.

그나마 효과가 있는 건 태양의 기술뿐.

─뭐 때문이지?

잠깐의 고민.

이내 태양이 제 이마를 탁 쳤다.

"신성!"

신성.

단탈리안이 태양에게 떼어 준 자신의 격.

"푸르카스가 해룡에게 자신의 격을 떼어 줬다면?"

어느 정도 설명이 된다.

―아니, 말이 안 돼. 그렇다면 살로몬의 마법에도 타격을 받지 않았어야지.

"그때는 변태하기 전이었잖아."

―변태하면서 푸르카스의 격이 깃들었다고?

"뭐, 대충 그런 거 아닐까?"

―그런…….

"애초에 플라즈마를 '권능화'해서 가지고 있는 괴물이잖아. 차원 미궁 식으로 계산하자면 해룡도 푸르카스에게 S등급 카드를 하나 받았다는 뜻이나 다름없다는 이야기야."

단탈리안이 설명하길, 마왕이 준 권능은 후원이든 카드든 상관없이 몸에 가지고 있는 것만으로 격이 올라간다고 말했다.

그리고 그렇게 격이 올라간 플레이어와 다른 플레이어들이 전투할 때 발생하는 차이.

적어도 태양이 보기에 단탈리안이 해 준 이야기와 해룡과의 전투 사례는 정확히 맞아 떨어지는 것처럼 보였다.

―하지만 그러면 앞뒤가…….

현혜는 부정적인 반응이었지만, 태양은 눈을 빛냈다.

"실험해 보자고. 내 논리랑 상관없이 내 공격이 놈의 방어벽을 깨뜨릴 수 있는지 없는지가 중요한 거니까. 살로몬!"

결론적으로 태양의 추리는 감각적이고, 증거가 부족했지만 옳았다.

푸르카스가 만든 키메라, 해룡은 여러 괴수의 신체와 푸르카스 본인이 여러 차원에서 수집한 권능의 집합체였다.

신체적 밸런스를 위해 그 권능들은 100% 기능하고 있지 않았지만 푸르카스가 '폭주'를 시키면서 거듭된 변태를 통해 지금은 완벽하게 깨어나 있는 상태였다.

권능, 플라즈마.

권능, 아귀(餓鬼).

권능, 경화(硬化).

키메라의 신체는 내부에서부터 서서히 무너져 내려가고 있었지만, 그와 상관없이 깃든 격이 올라갔다.

물론, 태양은 세세한 사실을 정확하게 짚어 낸 게 아니라, 단순히 직관으로 추론한 것에 불과했다.

스모크 피스톨(Smoke Pistol) - 타입 개틀링(Type Gatling).

투두두두두두두두둥.

분당 200발로 쏘아지는 연기 총알이 해룡의 넓적한 등판에 작렬했지만, 해룡은 꿈쩍도 하지 않았다.

반면.

스타버스트 하이킥(Starburst High Kick).

콰드드드드득.

얼핏 처절하게까지 들리는 소리와 함께 해룡의 앞발이 눈에 띄게 그 형체가 일그러졌다.

"크르르르르르르르!"

격한 반응은 덤이다.

결론.

태양의 공격은 통하고, 다른 플레이어의 공격은 통하지 않는다.

-이거 상황이 점점 심각해진다?

-야, 이거 슬슬 진짜로 위험한 거 아니냐...?

-윤태양 혼자 저걸 어떻게 잡음?

-못 잡나...?

-잡을 수 있었으면 이렇게 끌고 올라올 필요 없이 절벽 밑에서 잡았지.

-에반데...

란과 살로몬이 동시에 태양을 바라봤다.

그들의 마음 역시 시청자들과 다르지 않았다.

태양의 공격이 효과가 있다는 건 그나마 고무적인 사실이지만, 태양 혼자서 해룡을 잡기에는 역부족으로 보였다.

"잡을 수 있을까?"

그렇기에 란의 의문은 지극히도 현실적이었다.

태양 일행이 아무리 강하다 한들 그래 봐야 플레이어다.

플레이어.

굳이 따지고 보면 결국 플레이어도 마왕이 멸망시킨, 혹은 멸망시키는 대신 차원 미궁에 들어온 생명체에 불과한 존재다.

차원은 '멸망' 시킨다는 목적을 가지고 태어난 괴물과 차원의 일개 생명체.

저울이 어느 쪽으로 기울지는 자명했다.

"잡을 필요가 있나?"

살로몬의 질문은 합리적이었다.

마왕과 거래를 할 생각부터가 잘못된 것이었을지도 모른다.

거래는 동등한 대상끼리 하는 행위다.

플레이어와 마왕 사이의 격차는 농담으로라도 닿을 만하다고 말하기 어려웠다.

말하자면, 살로몬과 란은 현실을 다시금 깨달았다.

이제는 얼마 남지 않은 언데드 솔져가 해룡에게 제 몸을 던졌다.

날카로운 검, 무거운 망치, 뾰족한 창.

혹은 마법적인 무언가.

온갖 수단을 통해 해룡에게 닿으려 시도하지만, 시도에서 그쳤다.

태양이 중얼거렸다.

"맞아. 못 잡을 수도 있어."

"그럼……."

란의 말이 끊겼다.

"그리고 맞아. 손익 계산을 해 보면 잡지 않는 게 나을지도 모르지."

마왕과 거래를 하겠다고 큰소리친 건 결국 태양 일행이 '스테이지에 비해' 압도적인 무력을 갖고 있었기에 성립될 수 있었던 행동이다.

태양의 입술이 삐뚤어졌다.

"못할 것 같아?"

저 괴물.

우리가 사냥하는 게 불가능할 것 같아?

"하면 돼."

하면. 된다.

누군가는 꼰대 같다며 질색할 법한 대사.

란이 저도 모르게 태양을 돌아봤다.

태양의 행보를 떠올렸다.

시스템적으로 '피하라고' 만들어 낸 보스, 미치광이 무사와 대놓고 맞서 싸웠던 게 누군가.

태양이다.

클랜전에서 15층을 갓 졸업한 스펙으로 10층의 격차를 뛰어넘고 동세대 최강의 자리에 오른 남자가 누군가.

태양이다.

신전의
원코인
클리어

차원 미궁의 창조자이자 관리자인 마왕과 기어코 대련을 해 내고, 심지어 이겨 낸 남자가 누군가.

이 역시 태양이다.

그녀는 순간 반성했다.

'지금도 별반 다르지 않구나.'

윤태양은 항상 이런 길을 골라서 걸어왔었다.

란의 의견은 별반 중요하지 않았다.

가능하지 않을 거라고, 바라만 봤던 때에도 태양은 해냈다.

억지로 시켜서 도왔을 때도 결국은 해냈다.

그렇게 시간이 흘러, 태양의 무력을 마냥 맹신하게 되었을 때도 그는 변함없이 해냈다.

불신도, 방해도, 맹목적인 신뢰로 인한 압박감도 태양을 막 지는 못했다.

이번에도 마찬가지다.

불가능해 보이는 일이지만, 태양은 해야 한다고 생각하면 한 다.

란은 이제야 태양이라는 남자를 조금은 알 것 같았다.

"무서울 정도로 맹목적이네. 새삼."

차원 미궁 정복이라는 목표.

당장의 어려움은 결국 모두 그 목표의 밑거름이 될 거라는 믿음 아래 움직인다.

태양은 그 목표가 얼마나 터무니없는 것인지 알고 있었다.

그럼에도 불구하고 이뤄 낼 작정이다.

그렇기에 그 과정에 어떤 말도 안 되는 역경이 있어도 부딪친다.

치열하게 계산하고, 방법을 짜내서 결국은 해낸다.

씨익 웃은 태양이 진정한 의미에서 괴수가 되어 버린 해룡을 앞에 두고 말했다.

"우리가 할 건 준비한 걸 하는 거야."

안 한다는 선택지는 없다.

할 수 있는 모든 걸 하고.

그다음 생각은 다음으로 넘긴다.

"살로몬."

"아."

스모크 매직: 더스트 게이트(Dust Gate).

기다리고 있었다는 듯 태양의 등 뒤에 연기 게이트가 열린다.

태양의 몸이 연기 관문에 뛰어듦과 동시에.

콰아아아아앙!

온전한 왼쪽 앞발이 태양이 서 있던 공간을 반경 30m가량 날려 버렸다.

"이러고도 서 있는 요새가 용하다. 용해."

두근. 두근.

두 드래곤 하트가 힘차게 맥동한다.

신전의
원코인
클리어

마지막 한 올까지 짜냈던 마나 회로에는 어느새 마나가 풍요롭게 흘렀다.

우드득.

목을 꺾은 태양이 해룡을 향해 뛰어올랐다.

해룡의 멀쩡한 왼 앞발이 그 동선을 쳐 내지만.

스모크 매직: 더스트 게이트(Dust Gate).

살로몬의 적절한 보조가 공격의 회피를 일조했다.

태양이 다시 모습을 드러낸 곳은 요새 위층이었다.

정확히는 전투를 시작할 때 란과 살로몬이 플라즈마 병기를 통해 훼손시켜 놓은 바로 그 부분.

"크르르르르르르!"

해룡은 잠시의 틈도 주지 않고 태양에게 달려들었다.

그 짧은 틈이 강력한 공격의 단초가 된다는 사실을 본능적으로 알고 있었기 때문이다.

"시가전으로! 플랜…… 몇이었더라? 아무튼 마지막!"

단말마와 함께 태양이 건물 안으로 들어갔다.

동시에 벽면이 터져 나갔다.

당연히 해룡의 수작이었다.

콰드드드드드드.

벽면 일부가 무너졌지만, 지구의 건축가들도 이해하지 못할 공정을 통해 지어진 요새는 건재했다.

으드득—.

물고 있던 담배를 씹은 살로몬이 중얼거렸다.

"플랜 A는 완벽하게 실패했군."

언데드 솔져를 통해 힘을 빼놓고 손쉽게 마지막 일격을 놓으려는 계획.

"실패는 아니야."

어느새 지상으로 내려온 란이 대답했다.

말 그대로, 실패는 아니다.

힘을 빼놓는 데는 실패했지만, 언데드 솔져를 대부분 소모시켰다. 그리고 해룡의 전력을 파악하는 데도 성공했다.

바닥까지 완벽하게 봤다고 말할 수는 없지만, 놈의 특성과 힘의 규모를 알아내기는 했으니까.

다만.

꾸욱.

부채를 쥔 손에 힘이 들어갔다.

그녀가 펼칠 수 있는 가장 강력한 풍술에 속하는 괴력난신의 술.

하지만 해룡은 전혀 피해를 입은 것 같지 않았다.

살로몬과 란이 거의 기여할 수 없는 상황.

유틸적인 부분에서 도와줄 순 없겠지만, 대부분 태양이 해결해야 하는 상황.

"여기서 어떻게 공략의 가능성을 봤다는 거지?"

[스톰브링어(Storm Bringer): 폭풍 소환(暴風 召喚)]

[폭풍의 정령 군주 아라실이 플레이어 윤태양의 신체에 임합니다.]

[머신 PUNMFV-3000 활성화]

[마나를 소모하여 근력, 맷집, 민첩 중 하나의 시너지를 선택해 시너지의 등급을 한 단계 높입니다.]

[맷집의 시너지가 '6'으로 조정됩니다.]

[베르단디의 기도]

[플레이어 윤태양의 공격에 멸악(滅惡) 속성이 부여됩니다.]

아주 짧은 시간 만에 완전한 전투태세로 들어선 태양이 발을 굴렀다.

쿠웅.

이미 반쯤 반파된 에너지 무기 공학의 장판 잔해가 한 뼘 정도 들렸다.

콰드드드드.

태양의 심장에 자리한 2개의 드래곤 하트가 과하다 싶을 정도로 진동했다.

이제는 마나 회로의 특성을 꿰다시피 한 태양은 각 마나 회로가 머금을 수 있는 총량을 미세하게 계산하여 착실하게 집어넣었다.

태양이 가용 가능한 힘의 최대.

"크르르."

강렬한 기의 파동에 해룡이 민첩하게 고개를 돌려 태양을 바라봤다.

정의행(正義行) 1식 – 통천(通天): 윤태양식(式) 어레인지.

통천(通天).

하늘을 꿰뚫는다.

일반적으로 펼치면 공간을 밀어내는 수준에서 그치는 기술이다.

하지만 막대한 마나와 성장한 태양의 무공 수위가 맞물리자 비로소 이름에 걸맞은 무용을 보였다.

하늘.

세상에 존재하는 가장 큰 공간(空間)이다.

비었다는 것은 다른 말로 하자면 모든 것을 포용한다는 이야기다.

베이지 않는다.

베일 것이 없기 때문에.

찔리지도 않는다.

마찬가지로, 찔릴 주체가 없기 때문에.

그렇다면 꿰뚫릴 수는 있는가.

찔리지도, 베이지도 않는 그것을 꿰뚫을 수는 있는가.

없다.

불가능에 도전하는 기술.

그렇기에 정의행(正義行)의 첫걸음이다.

진리에 맞는 올바른 정의를 행하는 것은 욕망과 이해와 합의가 얽힌 속세에서는 불가능한 것처럼 보인다.

이상에서만 존재하는 것처럼 보인다.

태양은 정의행의 창시자가 통천을 통해 그 이상 역시 성공할 수 있음을 시사하고 싶었던 것 같다고 생각했다.

'뭐, 그게 정답인지는 모르지만.'

확실한 건 한 가지다.

창시자가 떠올려 낸 이 오묘한 이치는 굉장히 효율적으로 폭력을 휘두르는 수단이라는 것.

뻐엉.

태양의 주먹을 기점으로 공간이 뒤로 밀렸다.

해룡의 거대한 앞발 역시, 밀려났다.

콰드드드득.

여파에 닿지 않은 발목 부분은 그대론데, 앞발만 후퇴했다.

이는 앞발의 절단을 뜻했다.

"크아아아아아아아악!"

고통에 차 울부짖는 해룡의 비명과 함께 태양의 몸이 휘청였다. 압도적인 탈력감이 태양의 몸을 휘감았다.

아무리 대단한 묘리를 통해 기술을 사용했다 한들, 거기에 사용된 온전히 태양의 신체가 부담했다.

이렇지 않으면 이상한 일이다.

"하지만 이걸로 한 템포 벌었고."

고통에 몸을 비틀어 대는 해룡을 보며 태양이 요새 안으로 이동했다.

⁂

앞일에 걱정이 많은 사람은 플랜을 한 가지만 세우지 않는다.

플랜 A를 세우고, 그것이 잘 안 됐을 때를 대비해 플랜 B를 세운다. 보다 더 꼼꼼한 사람들은 C와 D를 넘어 E, F까지 세우는 경우도 있다.

이것은 계획을 세워 본 사람이라면 누구나 공감할 만한 이야기다.

A, B, C.

앞의 알파벳을 딴 계획일수록 잘 들어맞는 경향이 있다.

D, E, F.

뒤로 갈수록 상대적으로 잘 들어맞지 않는다.

물론 맞는 경우는 있지만, 앞에 비해서 적다.

이는 플랜 A에 가장 공을 들이는 경우가 많아서이기도 하지만, 또 마냥 그 이유 때문이라고 할 수는 없다.

일반적으로 뒤의 계획이 잘 맞지 않는 이유는 간단하다.

플랜 B는 A가 실패했을 때 세우는 계획이고, C는 B가 실패했을 때 세우는 계획이다.

즉, 뒤로 갈수록 많은 변수를 계산해야 한다는 이야기다.

만약 플랜 F를 실행하려 한다면, 그때는 이미 계획자가 생각하지 못한 변수가 다섯 군데나 도출되었다는 이야기임으로 당연히 성공률이 떨어질 수밖에 없는 것이다.

그리고 지금 태양은 현혜가 세운 마지막 플랜, H를 따르고 있었다.

-마지막의 마지막까지 가네. 정말.

"이거, 나쁜 거지?"

-좋다고는 말할 수 없지.

위험하다.

지금 상황뿐만 아니라, 플랜 H의 내용도 그렇다.

플랜 H의 개요는 간단하다.

이 플랜은 우르프가 했던 말에서 시작했다.

"......게다가 파괴하는 것보다 오류를 고치는 게 훨씬 쉬울 겁니다. 10세대 슈퍼컴퓨터는 방어기제가 강력하게 설정되어 있어서....... 잘못하다간 요새가 통째로 날아갈 정도의 대규모 폭발이 일어날 겁니다."

요새가 통째로 날아갈 정도의 대규모 폭발.

태양은 해룡을 슈퍼컴퓨터 앞으로 끌고 간 다음, 그것을 폭파시켜서 해룡에게 데미지를 입힐 생각이었다.

인류의 마지막 보루니, 희망이니 했던 우르프의 말이 마음에 걸리지만 어쩔 수 없다.

"컴퓨터 있고 사람 있냐? 사람 있고 컴퓨터 있는 거지."

─다만 고려해야 할 점이 몇 개 더 있어.

"응. 알려…… 이크!"

타닥.

태양이 요새 바깥으로 나 있는 창문으로 몸을 날렸다.

동시에 해룡의 앞발이 1개의 층을 통째로 터뜨렸다.

후우웅.

밖에서 대기하던 란이 센스 좋게 태양을 다시 요새로 데려
다주고 빠르게 몸을 빼 해룡의 눈길을 피했다.

"이거, 슈퍼컴퓨터 폭파로 요새가 날아가기 전에 이미 먼저
끝장나겠는데?"

─어쩔 수 없지.

안타까운 일일뿐.

문제는 없다.

플레이어의 입장에선 요새의 파괴가 얼마나 진행되든 상관
없이 그 소유권을 원주민들에게 돌려주기만 하면 되는 거니까.

"그래서. 고려해야 할 점이 뭐라고?"

─슈퍼컴퓨터의 폭발이 해룡에게 제대로 데미지를 줄 수 있는
가.

당연한 이야기지만, 현혜의 계획에 신성, 격과 같은 조건은
배제되어 있었다.

슈퍼컴퓨터의 폭발은 우르프가 말했듯, 요새를 통째로 폭파

시키는 수준의 파괴력이라고 했다.

당연히 해룡에게도 유의미한 피해가 있을 거라 가정했다.

만약 그렇지 않다면?

슈퍼컴퓨터의 폭발도 의미가 없으면?

놈에게 유의미한 타격을 줄 수 있는 건 태양이다.

하지만 태양의 기량은 해룡을 '저지'할 수는 있지만, 죽이는 것은 불가능해 보였다.

그렇기에 슈퍼컴퓨터로 유인해 요새를 무너뜨릴 만한 폭발에 노출하려 했던 것인데, 만약 격의 차이 때문에 슈퍼컴퓨터의 폭발로도 죽일 수 없다면?

태양이 주변을 둘러봤다.

원래의 요새도 멀쩡해 보이지는 않았지만, 이제는 무너지지 않은 게 신기한 수준이 되었다.

"현혜야, 메시아는 어디 있어?"

ㅡ일은 다 끝냈고, 내려오고 있어.

"데이터는 빼냈대?"

ㅡ응. 별문제 없는 것 같던데.

"인공지능은?"

ㅡ다행히도 우리 가정대로야. 의사소통은 가능한 수준. 메시아는 어떻게. 합류하라고 할까?

"아니. 그거 가지고 쭉 내려가라고 해. 이왕이면 안 만나게. 동선 상 만날 수밖에 없으면 어쩔 수 없고."

-알았어.

투웅.

반대편에 나타나는 기척과 동시에 태양이 몸을 날리고, 반 박자 후에 다시금 층 지반이 무너져 내렸다.

자연스럽게 태양은 위층, 생체 무기 공학 섹션으로 올라갔 다.

-어떡하려고?

"일단은 계획대로. 메시아랑 우르프가 요새 빠져나오는 즉시 알려 줘."

언데드 솔져가 들어차 있지 않은 요새는 올라가자면 금방 올 라갈 수 있었다.

그동안 태양이 굳이 올라가지 않고 중간 층을 돌았던 이유 는 메시아의 시간을 벌어 주기 위해서였다.

일이 끝난 이상, 올라가도 되게 되었다.

란과 살로몬의 교란.

태양의 움직임.

태양 일행은 해왔던 대로 시간을 더 끌었고, 메시아와 우르 프는 성공적으로 요새를 벗어났다.

"간다!"

태양이 위층을 향해 몸을 날리고, 텅 비어 버린 요새 최상층 부가 박살 나기 시작했다.

"푸르카스, 생각한 그림 그대로입니까?"

단탈리안의 물음에 푸르카스가 입을 꾹 다물었다.

윤태양은 키메라를 잡아내지 못했다.

하지만 키메라 또한 윤태양을 잡아내지 못하고 있었다.

"신성이라. 예상 바깥으로 행동하는 걸 유별나게 좋아한다는 건 알고 있었다만, 이건 선을 조금 많이 넘는군."

"선이요?"

"네놈, 네놈은 마왕의 존재를 폄하한 거다."

마왕의 격.

초월자의 격.

종의 한계를 넘어 영혼이 개화하는 경지에 도달해야 얻을 수 있는 경지.

격은 개인의 노력으로 얻을 수 있는 최고의 성과인 동시에, 초월자와 필멸자를 엄격하게 나누는 기준이 되었다.

플레이어들이 겪는 상황이 초월자들의 특권을 대표적으로 증명했다.

마왕이 나눠 준 격의 차이가 전투의 향방을 갈라 버렸다.

어떤 경지를 뛰어넘는 순간부터 초월자는 필멸자들과 다른 존재가 되었고, 다른 세상을 살았다.

더 적나라하게 말하자면, 모든 초월자는 그가 인식할 수 있는 모든 필멸자의 생사여탈권을 쥐고 있는 수준이다.

그러니 태양이 아무리 날고 기어 봐야 푸르카스는 태양이 아니라 단탈리안을 경계하는 것이다.

하지만 윤태양에게 신성이 있다.

지금 단탈리안이 한 짓은 그 어떤 노력도 없이 필멸자를 초월자의 경지에 들여 준 것이다.

물론 이전에도 차원 미궁에서는 후원과 S등급 카드 등의 방법으로 간간히 이런 사례가 있지는 않았지만, 그것은 우회적이었다.

권능 일부에 담은 격이라고 해 봐야 같은 마왕들에게 위협이 되지는 않았으니까.

하지만 일부라도 온전한 '신성'을 취했다는 건 다르다.

권능에서 파생된 신성과 그 격이 다르고, 의미가 다르다.

가장 큰 의미.

일개 플레이어가 마왕에게 위협이 될 수 있는 존재가 되어 버린다는 것.

신경 쓰지 않는 마왕도 있겠지만, 그렇지 않은 마왕이 더 많다.

당연히 역풍이 불어올 수밖에 없을 것이다.

하지만, 단탈리안은 그런 것을 걱정하는 기색이 아니었다.

"딱히 숨길 작정도 아니었군."

푸르카스의 말에 단탈리안이 고개를 끄덕인다.

특유의 포커페이스.

푸르카스는 다른 마왕들과 마찬가지로 그 표정 뒤의 진실에 도달하는 데 실패했다.

"다른 마왕들이 이 사실을 알면 가만히 있을 것 같나?"

"물론 난리가 나겠죠."

단탈리안이 픽 웃었다.

"그편이 재미있지 않겠습니까, 푸르카스?"

푸르카스의 눈이 가늘어졌다.

재미.

단탈리안이 방패막이로 가장 많이 쓰는 단어다.

재미라는 탈 뒤에는 항상 어떤 의도가 깔려 있었다.

'그 의도가 뭐냐.'

파악하려던 푸르카스의 시도는 이어질 수 없었다.

"푸르카스, 스테이지에 조금 더 관심을 가지시는 게 어떻습니까?"

단탈리안의 말과 동시에.

콰아아아아아아앙.

스테이지를 비추던 화면이 시뻘건 색으로 물들었다.

불길을 본 푸르카스의 얼굴이 새하얗게 굳어졌다.

"……평범한 불이 아니군."

"우리끼리 말싸움을 하고 있을 때, 안에서 또 다른 일이 있었나 보죠."

단탈리안의 눈이 번뜩였다.

푸르카스가 스테이지에 참여하려는 즉시 개입할 요량이었다.

푸르카스의 입매가 불만스럽게 비틀렸지만, 단탈리안이 지켜보고 있었기 때문에 그가 할 수 있는 건 그것으로 끝이었다.

그리고 이내 태양이 나타났다.

요새에서 가까스로 빠져나온 태양은 얼굴에 검댕을 묻힌 채한 손에는 기계를 들고, 뭐라고 소리치고 있었다.

단탈리안이 쿡쿡 웃었다.

기량을 제외하고서라도, 정말 보는 맛이 있는 플레이어다.

"……."

푸르카스가 손을 흔들자 윤태양의 목소리가 커진다.

"푸르카스 X새끼! 짬은 짬대로 때리고! 그 와중에 이딴 괴물을 처박아 놔서 뒤통수나 때리고! 아니, 단탈리안 개X끼! 푸르카스! 권능 날리고 싶지 않으면 튀어나와!"

과연 윤태양은 그의 목소리가 그들에게 전달됐으면 좋겠다고 생각하고 말하고 있는 걸까, 아니면 안 될 줄 알고 마구 뱉어 대는 걸까.

푸르카스 본인뿐만 아니라 단탈리안까지 욕하는 태양의 행태에 푸르카스의 얼굴이 점점 더 해괴해졌다.

푸흐흡.

웃음을 찾기 힘들었다.

"참, 웃기는 플레이어지 않습니까?"

❧

10세대 슈퍼컴퓨터가 폭발하기 1시간 전.

밑에서 해룡과 언데드 솔져의 처절한 전투가 벌어지는 사이 메시아와 우르프는 요새 최상층에 올랐다.

"기척 흘리지 않게 조심해."

"예."

"지금도. 심장 박동이 너무 빨라. 조절해."

"아니 그게 마음대로 되는……."

"심호흡하고. 긴장 좀 누르라고."

꿀꺽.

반박하려던 우르프가 간신히 침을 삼켰다.

결 나쁜 백발에 번뜩이는 눈동자.

메시아는 가까워지기 어려운 사람인 동시에 가까워지기 싫은 사람이었다.

"지금까진 운이 좋았고, 예상이 맞아 떨어졌지만, 이제부터는 아닐 거야."

"예."

흡혈귀의 특성을 적극적으로 활용한 메시아의 기척 차단은 장애물 없이 3m가량의 거리에서 정면으로 마주친 언데드 솔져도 알아채지 못했을 정도였다.

하지만 그것도 중층에서의 이야기다.

상층으로 올라갈수록 언데드 솔져의 능력치도 달라졌다.

작금에서는 전투를 몇 번이나 치렀고, 우르프는 몇 번이나 죽을 위기를 넘겼다.

그리고 1대, 2대, 3대 숙주로 언데드 솔져를 분류했던 일이 얼마나 현실과 동떨어진 분석이었는지 깨달았다.

'물론 우리는 이렇게 안까지 조사한 적이 없었으니까 어쩔 수 없는 일이었지만.'

그나마 안으로 들어갔었던 용사들은 태양 일행을 제외하면 모두 죽었으니 더더욱 그랬다.

여하간, 지금까지는 메시아의 능력으로 상대적으로 편하게 왔지만, 요새의 최중요 전력인 슈퍼컴퓨터 서버실에서는 언데드 솔져를 피할 수 없을 가능성이 컸다.

심지어 언데드 솔져들도 최상급, 최신의 병기만 거주할 게 분명했다.

요는 전투를 피할 수 없을 가능성이 크다는 이야기다.

"많을까요?"

"적진 않겠지."

고층 요새 벽면을 플라즈마 입자포로 폭격해 일부가 빠져나가긴 했지만, 안으로 들어갈수록 남은 언데드 솔져가 많을 수밖에 없는 건 당연한 이치였다.

메시아와 우르프는 지도와 환경을 대조해 가며 우르프의 은 신처, 도주로 등을 확보한 후 서버실 입구에 붙었다.

탁, 타다닥.

비어 있는 서버실 입구에서 우르프가 손가락을 놀려 비밀번 호를 채워 넣었다.

메시아 혼자 들어왔다면 파괴하고 들어갔을 곳.

'덕분에 편하게 들어가긴 하는군.'

이윽고 서버실 입구가 열리고.

"이건……."

협소한 서버실 안.

수십 기의 언데드 솔져가 메시아를 바라봤다.

"우르프!"

말하기도 전에 우르프가 뒤로 빠지고, 으득, 손가락을 짓씹 은 메시아가 허공에 피를 흩뿌렸다.

스킬화하진 않았지만, 메시아가 나름 스스로 깨달아 낸 흡 혈귀로서의 권능.

혈액 지배력.

한두 방울의 혈액은 곧 드라마틱하게 몸집을 부풀려 서버실 의 입구를 막았다.

메시아는 곧바로 마나를 주입해 혈액 벽의 경도를 높였다.

"……?"

그리고 아무 일도 일어나지 않았다.

은신처로 숨어 들어간 우르프가 조심스럽게 고개를 쳐들고 메시아가 있는 방향을 바라볼 때까지, 아무 일도 일어나지 않았다.

그렇게 메시아만 어색한 약 1분가량의 대치 상황이 지나고, 혈액 벽 반대편에서 사람의 목소리가 들려왔다.

"저는 당신을 해치지 않습니다. 당신이 마지막 인류의 후손이리면 이종족의 혈액과 마나로 이루어신 이 벽을 치우고 당신이 스스로 당신의 신원을 파악할 수 있게 도와주십시오. 저는 당신을 도울 것입니다."

또박또박한 목소리.

"너는 누구지?"

"말하고 있는 몸체는 S-6등급 언데드 솔져이나, 주체는 10세대 슈퍼컴퓨터입니다. 다시 한번 고지드립니다. 당신이 마지막 인류의 후손이라면 이종족의 혈액과 마나로 이루어진 이 벽을 치우고……."

후둑.

벽 일부에 구멍이 뚫리고, 메시아가 서버실 안을 바라봤다.

협소한 공간에 뻣뻣하게 서 있는 수십 기의 언데드 솔져들이 동시에 메시아를 바라보고 있었다.

그중 중심에 서 있는 언데드 솔져가 입을 열었다.

"미등록 인원. 이종족 혈액의 주인. 혈액을 다루는 기술. 혈마법으로 추정. 흡혈귀의 가장 대표적인 특징. 평범한 인간에 비해 강력한 마나 질감. 이 역시 흡혈귀가 가질 수 있는 특징.
외에도 낮은 체온, 인간이 가질 수 없는 구조의 동공 등 3,410가
지 근거 해당. 99.81% 확률로 흡혈귀로 추정 비인간은 배제 사
유 10-3에 의거……."

쿠웅.

수십 기의 언데드 솔져가 동시에 발을 구르고, 서버실에서
강력한 마나가 뿜어져 나왔다.

강대한 마나의 흐름에 메시아가 세운 혈액 벽이 일순간 흔
들렸을 정도였다.

"……이건 이야기가 다른데."

우르프가 예상했던 시나리오와 전혀 다른 상황.

컴퓨터의 모습을 한 슈퍼컴퓨터는 더 다양한 절차 끝에 무
력을 휘둘렀지만, 언데드 솔져라는 몸체가 존재하게 됨으로써
많은 절차가 생략되어 버린 탓이었다.

우르프는 이 과정에서 전혀 개입할 수 없었기 때문에 몰랐
을 수밖에 없었고, 결론적으로 예상이 틀려 버렸다.

"전투는 피할 수 없겠군."

메시아가 마나를 끌어 올렸다.

그리고.

"잠깐! 잠깐!"

상황을 지켜보던 우르프가 헐레벌떡 뛰어왔다.

"우르프?"

메시아가 우르프를 바라봤다.

우르프의 얼굴에는 자신감이 차 있었다.

예상 밖의 상황.

아니, 정확히 표현하자면 예상한 최고의 상황이다.

10세대 슈퍼컴퓨터는 언데드 솔져를 만드느라 폭주한 게 아니라, 인간과 상호작용 할 수 있는 상태였다.

우르프가 혈액 벽의 구멍에 제 얼굴을 내밀었다.

"우르프. 1등급 시민. 운송 마법 분야 연구실장. 생체 무기 공학 연구실장 아리스의 동생."

"그래! 나라고!"

생체 무기 공학이나 에너지 무기 공학 분야에 비해 운송 마법 분야는 상대적으로 무게감이 떨어지는 편이었다.

그렇기에 슈퍼컴퓨터에 접근할 기회가 많지는 않았지만, 연구실장의 자리에 있던 우르프는 슈퍼컴퓨터를 접해 본 적이 있었다.

그리고 언데드 솔져의 입을 통해 전해지는 언어는 명백히 10세대 슈퍼컴퓨터의 말투였다.

"동공 확인. 마법 감응. 신체 스캔…… 확인. 정신계 마법의 흔적은 없음. 아리스 령 제9조 2항에 의거 '해룡 제거 전까지는 인류 간섭 배제'."

"무, 뭐?"

희망적으로 반등하나 싶었던 상황이 다시금 나락으로 치달는다.

메시아가 당황한 우르프를 잡아끌었다.

"뒤로 와 있어!"

"잠깐만요!"

콰득.

손가락을 깨문 메시아가 팔을 휘젓자 일부분 부서진 혈벽이 더욱 무겁게 가중됐다.

콰아아앙-.

동시에 둔중한 충격과 함께 금이 갔다.

메시아가 버럭 소리를 질렀다.

"뒤로 빠져 있으라고 우르프! 죽고 싶어!"

하지만 우르프는 빠지지 않았다.

기민하게 머리를 굴렸다.

우르프의 인류는 짙은 피와 철의 냄새로 얼룩진 역사를 가지고 있었다.

작금에도 전쟁 때문에 이 지경까지 왔다는 사실을 모르는 이는 없었다.

전쟁이란 무엇인가.

수단과 방법을 가리지 않고 적을 사살하기 위해 애쓰는 과정이다. 그런 끔찍한 짓거리를 몇 백 년 가까이 해 온 인류였지만, 유일하게 지켜지는 규칙이 있었다.

7세대 이상의 슈퍼컴퓨터는 인류를 적대할 수 없게 설계한다.

규칙이 지켜진 이유는 간단했다.

그렇지 않으면 슈퍼컴퓨터가 인류를 멸망시킬 가능성이 90% 이상이었다. 물론 전쟁에 사용하기 위해 한정적으로 그 규칙을 우회할 방법을 만들어 대기는 했지만, 그 방법은 말 그대로 한정적이다.

작금의 10세대 슈퍼컴퓨터의 행태도 그럴 것이다.

해결할 방법이 있다는 뜻이다.

그리고 그 방법은 10세대 슈퍼컴퓨터의 대사에 나타났다.

"아리스 령."

아리스의 명령.

우르프의 누나이자, 생체 무기 공학 섹션의 연구실장 아리스가 내린 명령이라는 뜻이다.

요새 연구실장급에게 주어지는 코드를 이용하면 슈퍼컴퓨터의 기본 프로그램을 잠시 마비시키는 것 정도는 가능하다.

그렇다면 답은 간단하다.

우르프가 소리쳤다.

"제가 해결할 수 있습니다!"

우르프도 분야는 다르지만 아리스와 같은 연구실장급의 인물이다.

"30초. 아니 10초만 벌어 주십쇼!"

"10초?"

"예!"

쿠우우웅!

혈벽이 진동했다.

메시아가 일으킨 염력이 요새 주변의 철을 혈벽에 가져다 붙였다.

그사이 우르프가 가장 가까운 컴퓨터로 다가가 전원을 켰다.

"제발."

말과 함께 부팅되는 컴퓨터.

요새의 외견은 형편없이 박살 났으나, 네트워크는 살아 있었다.

우르프가 떨리는 손으로 ID와 비밀번호를 입력하고, '연구실장'으로서의 권한을 가진 코드를 3D 프린터를 통해 실시간으로 프린팅했다.

투둑.

모니터가 정육면체를 뱉어 냈다.

그것이 바로 우르프의 연구실장 코드였다.

여기까지가 40초.

"30초면 된다며!"

"다 됐습니다!"

말과 함께 우르프의 혈벽이 터져 나갔다.

우르프가 튀어나오는 언데드 솔져에게 코드를 내밀며 외쳤다.

"아리스 령 해제! 우르프 령! 6개월 26일 전 세팅으로 복구!"

우뚝.

검을 든 언데드 솔져가 행동을 정지했다.

그리고.

"1등급 시민 우르프는 10세대 슈퍼컴퓨터를 조작할 권한을
가지고 있습니다."

"사용자 우르프의 목적을 확인했습니다."

우르프가 입으로 전달한, 메시아의 목적.

언데드 솔져에 관련된 모든 데이터를 이동식 저장소에 넣어
가져오는 동시에 슈퍼컴퓨터에서 그와 관련된 기록을 모조리
말소하는 것.

슈퍼컴퓨터는 여러 사항을 확인했다.

메시아의 신원.

그리고 밑에서 싸우고 있는 태양, 란, 살로몬의 신원.

그들이 어디에서 왔는가.

우르프가 설명했다.

1차 원정 이후 아포칼립스 상황이 되어 버린 것.

그리고 우르프가 할 수 있는 최대한을 끌어모아 이차원의 '용

신전의
원코인
클리어

사'를 소환했고, 그에 반응해 태양 일행이 소환되었다는 것.

그리고 그 이후의 인과관계들.

설명하던 우르프의 눈에 우수가 들어찼다.

'이 녀석이 처음부터 우리를 신경 썼다면.'

아니, 처음부터라는 말은 어불성설이다.

슈퍼컴퓨터는 처음부터 인류를 신경 써 왔고, 인류의 조작에 의해 인류를 신경 쓰지 않게 된 것이었으니까.

하지만 그런 와중에도 슈퍼컴퓨터가 조금만 더 신경을 썼다면…… 우르프를 비롯한 기존 인류는 훨씬 더 나은 삶을 영위할 수 있었을 것이다.

애초에 이렇게 비참하게 살게 된 원인은 언데드 솔져였으니까.

하지만 당연하게도 슈퍼컴퓨터는 그에 대해 사과하지 않았다. 슈퍼컴퓨터 행동의 우선순위는 오로지 인간에 의해 정해졌고, 그렇게 행동했다.

사과할 이유가 없었다.

우르프 역시 그를 받아들였다.

문제는 해룡이다.

해룡을 제거하면 아리스인지 누구인지 모를 사람이 박아 놓은 우선순위는 '해룡 척살'에서 다시 '인류'로 돌아온다.

그러면 슈퍼컴퓨터의 행동 역시 되돌아오고, 인간들은 문명과 요새를 되찾을 수 있으리라.

"언데드 솔져에 관한 데이터 파기는 받아들일 수 없습니다. 아직 해룡은 사살되지 않았습니다."

"밑에 상황을 봐. 언데드 솔져가 사냥하고 있잖아."

우르프의 말에 슈퍼컴퓨터가 즉답했다.

"우프르 님이 소환하신 용사는 사냥에 개입하지 않고 있습니다. 해룡이 수차례 거듭하고 있는 변태는 기존의 데이터베이스에는 없던 일입니다. 변태를 거듭할 때마다 해룡은 강해지고 있고, 그동안 발견하지 못한 '특성'이 발견됩니다. 이 '특성'을 해결할 수 없다면 해룡의 사냥은 불가능합니다. 실제로 저, 10세대 슈퍼컴퓨터의 능력 99.8%는 해룡의 능력을 시뮬레이션하는 데 사용되고 있습니다."

언데드 솔져의 데이터를 주는 것에는 반대하지 않았지만, 컴퓨터 내에 있는 모든 데이터를 말소하는 데에는 반대.

우르프가 난감한 안색으로 메시아를 바라봤다.

"……너를 데려온 게 다행이군."

일이 상상 이상으로 귀찮아질 뻔했다.

"어떻게 할까요?"

어떻게 해야 할까. 메시아가 생각할 필요는 없었다.

['달님' 님이 10,000원을 후원하셨습니다!]

[……]

스트리머 달님, 현혜가 개입해 왔기 때문이다.

덕분에 태양이 요새 최상층에 올라왔을 때는 다른 것을 신경 쓸 필요 없이 곧바로 10세대 슈퍼컴퓨터와 이야기할 수 있었다.

"쿨럭, 쿨럭."

태양이 피 섞인 침을 뱉어 냈다.

폭주한(물론 태양은 변태라고 생각하고 있지만) 해룡은 피지컬적으로 태양을 완벽하게 압도했다.

태양이 아무리 대단한 기량을 지니고 있다고는 하지만 기계가 아닌 이상 100번에 한 번, 1,000번에 한 번 정도는 실수가 있을 수밖에 없는 법.

말하자면 태양은 해룡에게 일격을 허용했다.

사실 실수라기보다는 일격을 허용하면서 만들어 낸 시간으로 10세대 슈퍼컴퓨터와 대화할 시간을 만들었다고 보는 게 더 타당했다.

"일단 물어볼게. 우리 없이, 지금 당장 저 녀석 이길 수 있어?"

슈퍼컴퓨터는 대답하지 않았다.

대답하지 않아도 알 수 있었다.

불가능하다.

연구실장들의 일지를 모두 확인했지만, 해룡의 변태에 관련된 기록은 없었다.

기계가 아무리 대단하더라도 아무런 근거 없이 미래를 예측해 내지는 못한다.

수십 기의 언데드 솔져로 **빽빽**하게 들어차 있던 서버실에는 단 일곱 기의 언데드 솔져만 빼고 모두 사라졌다.

란과 살로몬 역시.

그들은 밑에서 해룡을 상대하고 있었다.

태양이 물었다.

"슈퍼컴퓨터. 네가 해결책을 찾기 전에 해룡이 먼저 여기에 들어오겠지. 인정해?"

"인정합니다."

슈퍼컴퓨터는 순순히 인정했다.

태양이 밑에서 시간을 벌면 그나마 더 가능성이 있었을 것이다.

하지만 태양은 그렇게 하지 않았고, 해룡은 그런 태양을 쫓아 슈퍼컴퓨터 서버실로 짓쳐들어오고 있었다.

"난 잡을 방법이 있어."

"제가 자폭하는 것입니까."

태양이 고개를 끄덕였다.

그러자 슈퍼컴퓨터의 모습을 한 언데드 솔져가 고개를 저었다.

"불가능합니다."

지금 이 순간에도 해룡에 관한 정보가 끊임없이 업데이트되고 있었다.

슈퍼컴퓨터는 마왕들이 '격의 차이'라고 부르는 무언가를 인식했다.

"그것을 해결하지 못하면 자폭은 의미가 없습니다."

"해결할 방법이 있다면?"

"자폭으로 발생하는 에너지를 온전히 피해로 전환할 수 있다면, 저는 할 겁니다."

"그럼, 하자."

태양의 손에 들린 것은 스테이터스 창에 박혀 있던 카드였다.

S등급의 스킬 카드.

신룡화(神龍化).

마왕 발락의 권능이자 격이 담겨 있는 바로 그 카드.

쿠구구궁.

슈퍼컴퓨터 본체를 연결하고 있던 장벽이 열리고, 태양이 그 사이에 카드를 박아 넣었다.

그리고 2개의 심장을 돌려 마력을 퍼부었다.

슈퍼컴퓨터의 본체는 육중하고 거대했지만, 태양의 마력 역시 그랬기에 전부를 적시는 데 큰 어려움은 없었다.

태양 앞에 서 있는 언데드 솔져가 입을 놀렸다.

"윤태양, 당신이 '신성'이라고 명명한 에너지의 성분 분석이 불가능합니다."

"나도 몰라. 받은 거라서."

하지만 태양이 해룡에게 상처를 입혔다는 확실한 인과관계가 있다.

태양은 아래층에서 의도적으로 해룡에게 피해를 입혔다.

그 이유는, 슈퍼컴퓨터에게 정보를 제공하기 위함이었다.

우우웅.

슈퍼컴퓨터가 과열을 일으켜 가며 계산했다.

그리고 이내 결과를 도출했다.

"가능합니다."

"그럼, 하자고."

그렇게 약 5분 후.

요새가 무너져 내렸다.

요새 꼭대기부터 시작한 폭발은 지면과 맞닿아 있는 1층까지 순식간에 퍼져 나갔다.

해룡에게 최대한의 피해를 입히기 위해, 또 증폭하기 위해 치밀하게 계산된 폭발.

슈퍼컴퓨터는 요새의 모든 부분을 알뜰하게 사용했다.

"아아아."

우르프가 망연한 얼굴로 허물어지는 요새를 바라봤다.

요새는 곧 인류의 번영이며 최후의 보루였다.

그것이 허망하게 스러져 가고 있었다.

메시아가 툭, 어깨를 때렸다.

다른 말을 더 하지는 않았다.

못했다.

할 말이 없으니까.

솔직히 위로라도 한마디 해 주고 싶었으나, 해 줄 말이 없었다.

굳이 떠올려 보자면 '슈퍼컴퓨터가 아니라 너희가 인류의 마지막 보루다' 정도가 될 텐데…….

이런 말은 당사자가 듣기엔 빛 좋은 개살구일 게 분명했다.

오히려 기분이 나빴으면 나빴지. 좋을 일이 없다는 거다.

아.

한 가지 위로가 될 만한 말이 또 떠올랐다.

"그래도 이걸로 놈은 잡았으니까……."

동시에 메시아는 후회했다.

"크아아아아아아악!"

폭발의 진원지에서 괴성이 울려 퍼졌다.

⁂

거친 언어가 뇌에서 자꾸만 샘솟고, 입은 그것을 필터링하지 않고 내뱉었다.

"푸르카스 X새끼! 짬은 짬대로 때리고! 그 와중에 이딴 괴물을 처박아 놔서 뒤통수나 때리고! 아니, 단탈리안 개X끼! 이걸 어떻게 잡으라고!"

요새가 폭발하고, 태양은 요새 꼭대기에서 뛰어내리는 와중에 육두문자를 씹어 댔다.

분노라기보다는, 푸념이었다.

아무리 잘 헤쳐 나가도 그것보다 더 어려운 상황을 제시하는 차원 미궁에 대한 푸념.

'어쩌면.'

차원 미궁을 헤쳐 나가면서, 자신들의 욕망을 위해 인간을 갈아 넣는 마왕의 행태를 거듭 이겨 내면서.

태양은 어쩌면 이것이 인간이 받는 벌이 않을까까지 생각했다.

자신들의 이기심을 위해서 소, 개, 돼지를 끊임없이 사육하고 도살하던 인간이 받는 벌.

고작 돈, 미식 등의 몇몇 가치를 위해 다른 생명을 하찮게 여기던 이들이, 지금 차원 미궁에서 반대편의 심정을 처절하게 체험하고 있는 거다.

당장은 태양과 한정된 인류만 독박을 쓰고 있지만, 여기서 태양이 실패하면 전 인류가 이 경험을 해야 한다.

어쩌면 그래서 사람들이 태양을 구원자, 세이비어라고 부르는지도 몰랐다.

자신들의 죄를 대신 짊어져 달라고.

"빌어먹을."

태양은 아주 이기적인 인간이었다.

일면식도 없는 남을 위해 그런 일을 하고 싶지는 않았다.

하지만…… 결론적으로는 하고 있었다.

그의 유일한 혈육.

별림이 때문에.

차원 미궁 어디에 있는지도 모르는.

'별림아, 오빠가 이렇게 열심히 산다.'

화르륵.

폭발의 잔열이 피부를 핥았다.

모든 고통 중 최상위급으로 아프다는 작열통이 태양의 감각 기관을 뒤흔들었다.

당연히 아프다.

어쩌면 포기하고 싶을 만큼.

하지만 포기할 수 없다.

태양은 포기하지 않았다.

이제까지 해온 일이 아까워서라도.

억울해서라도.

태양은 힘든 시간을 견디며 머릿속에 그려 온 행복을 누려야 했다.

"크아아아아악!"

단단하기 그지없던 가죽이 완전히 벗겨져 선홍색의 속살을 드러낸 해룡도 거슬리기 그지없는 괴성을 지르며 하늘에서 몸을 꼬아 댔다.

고통과 처절함을 여과 없이 표현하는 그 괴성이 꼭 태양의 속마음을 대변하는 듯했다.

"질긴 자식."

태양은 하늘에서 떨어지는 요새 벽면 잔해를 밟고 뛰어올랐다.

머리끝까지 차올랐던 화가 순간 사그라들었다.

사라진 게 아니라, 우선순위가 바뀐 거다.

프로게이머로서의 연륜, 차원 미궁에서의 경험이 그의 영혼에 전투에 온전히 집중할 수 있는 본능을 박아 넣었다.

허공으로 뛰어오른 짧은 순간, 태양이 해룡의 몸 상태를 확인했다.

죄다 벗겨져 버린 가죽은 물론, 사지 곳곳이 폭발과 그에 파생되는 열 때문에 뭉그러져 있었다.

태양을 쫓는 해룡의 동공은 그 형태가 명확하지 못했다.

영점 몇 초 대의 짧은 시간 동안 몇 번이고 초점이 잡혔다 풀렸다. 그리고 눈꺼풀이 파르르 떨렸다.

'승부수가 있다면 지금이다. 다음은 없어.'

폭발은 분명 놈에게 치명적인 타격을 입혔다.

느껴지는 해룡의 기세는 여전히 강대하기 그지없었지만, 이전에 비하면 한풀 꺾였다.

후와아아아아앙!

강렬한 바람이 불어와 떨어지는 요새 잔해의 위치를 조정했다.

태양이 밟고 올라가기 쉽게.

"나이스 센스!"

적절한 타이밍에 적절한 도움.

태양이 바윗덩어리들을 밟아 대며 접근했다.

동시에 무방비 상태로 보이던 해룡이 붉어진 팔을 휘둘렀다.

"크르르륵!"

태양이 본능적으로 허공에서 몸을 뒤틀었다.

동시에 태양이 밟았던 바윗덩어리가 박살 나고, 뒤이어 '파앙―' 하는 공기 터지는 소리가 태양의 고막을 울렸다.

"태양!"

대경한 란이 소리를 질렀다.

"안 맞았어!"

타이밍 맞춰서 잘 피한 것도 있었지만, 애초에 타점이 어긋나 있었다.

시력에 문제가 생긴 게 확실했다.

천뢰굉보(天牢轟步): 윤태양식(式) 어레인지.

꽈릉.

번개 치는 소리와 함께 태양의 신형이 이동했다.

해룡이 거칠게 머리를 휘돌려 태양을 찾았다.

꽈릉.

꽈릉.

꽈릉.

세 번 연속 이동.

"왼쪽이네."

태양이 중얼거렸다.

오른쪽으로 이동했을 땐 반응이 즉각적이나, 왼쪽으로 이동했을 때는 그렇지 못했다.

동시에 살로몬이 불러온 매캐한 안개가 해룡의 오른쪽에 휘감기기 시작했다.

투둑.

태양이 다시금 요새 잔해를 밟으며 해룡에게 진입했다.

"크르르륵!"

썩은 고기로 배를 채웠던 해룡이 또다시 음속이 넘어가는 속도로 팔을 휘둘렀지만, 이번에는 전혀 위협적이지 않았다.

타닥.

마침내 태양이 해룡의 앞발을 넘어, 본체에 닿았다.

앞발과 앞발 사이.

일반적인 생명체라면 가장 중요한 장기를 보관하는 부위.

가슴.

란의 세심한 컨트롤이 때마침 정확히 그의 발밑에 디딤대를 깔았다.

쿠웅.

내리찍은 진각에 디딤대가 두 조각났다.

상관없다.

힘을 받는 역할은 충분히 해 줬으니까.

꽈드득.

정의행(正義行) 1식 - 통천(通天): 윤태양식(式) 어레인지.

태양이 주먹을 내질렀다. ·

"……."

푸르카스가 말없이 화면을 바라봤다.

-키이이익.

가슴이 뻥 뚫린 키메라가 고통스러운 비명을 내질렀다.

징그럽게 뭉그러진 앞발이 더욱 흉하게 찌그러지고, 구멍이 3개나 뚫린 복부가 결국 차원 곳곳에서 그러모은 장기를 게워 냈다.

어쩌다가 이렇게 되었는가.

키메라.

푸르카스는 딱히 이름도 지어 주지 않은 차원 침략 병기.

하지만 키메라의 가치는 어느 정도일까.

수십 개의 차원을 돌아다니며 모든 재료를 눈으로 확인하고, 가장 가치 있는 상태로 수입한다.

때로는 고차원의 흑마법, 끔찍한 고문, 혹은 행복을 주입하며 보관하기 가장 적합한 상태로 만든다.

수십 개의 전혀 다른 종의 신체가 최고의 효율을 내게 설계, 배합하고, 그대로 조립한다.

그것을 생명체의 정점이라 불리는 72마왕이 행한다.

당연히 그 가치는 천문학적이다.

그런 키메라가 지금 푸르카스의 눈앞에서 스러지고 있었다.

아무런 목적을 달성하지 못한 채.

차원 침략에 성공하지도 못했다.

언데드 솔져의 데이터베이스를 수집하지도 못했다.

그리고 가장 중요한 목표였던 단탈리안이 최근 가장 공을 쏟는 말, 윤태양을 제거하지도 못했다.

"……."

푸르카스가 무표정한 단탈리안의 얼굴을 바라봤다.

5분 전까지만 해도 속이 하나도 들여다보이지 않는 포커페이스였다.

하지만 고작 5분이 지났다고, 그 속내가 보였다.

이 빌어먹을 미꾸라지는 처음부터 알고 있었다.

"신성을 떼어 준 게 다가 아니었군?"

"다였습니다만."

담담하기 그지없는 단탈리안의 대답.

우스운 기만이다.

손바닥으로 하늘을 가릴 수는 없는 법.

스테이지를 진행하는 과정.

괴수 공략 과정.

특히 마지막에 슈퍼컴퓨터와 신성을 연계하는 방법.

이러한 것들은 단탈리안이 개입, 직접 가르쳐 주지 않았다면 해낼 수 없는 일이다. 특히 S등급 카드를 빼어 슈퍼컴퓨터에 박은 행위가 결정적이다.

다섯 개의 시너지와 S등급 카드의 스킬을 짧은 시간이라지만 가장 중요한 타이밍에 몸에서 **빼다**?

플레이어라면 답을 알고도 하기 어려운 행위였다.

필시 뒤에서 공작이 있었던 게 분명했다.

"어떻게 알았지?"

"뭘 말입니까?"

"내가 이 스테이지를 선택할지."

단탈리안이 어깨를 으쓱였다.

"몰랐습니다."

"몰랐다."

하.

헛웃음이 터져 나왔다.

저 빌어먹을 미꾸라지는 상황이 다 끝난 지금 마당에도 기만을 멈추지 않고 있었다.

"네놈……."

"그쪽이야말로 궁금하군요."

단탈리안이 푸르카스를 바라봤다.

이미 여러 번 언급했지만, 푸르카스는 손익 계산에 민감하기 짝이 없는 인물이다.

특히 자신이 손해를 입는 것을 병적으로 싫어하는 마왕.

아무리 단탈리안이 자극했다지만, 너무나도 시원하게 자신의 패를 내던졌다.

"막상 제 나름대로 시간을 끈다고 입을 놀릴 땐 알아채지 않을까 조마조마했는데 말이죠."

상황이 다 지나고나니 푸르카스가 단탈리안의 표정을 조금이나마 읽었던 것처럼, 단탈리안 역시 마찬가지였다.

"누굽니까?"

단탈리안이 눈을 번뜩였다.

키메라 자체도 가치 있는 병기였지만, 키메라에 들어간 권능만 3개다.

키메라가 죽었다고 마왕이 권능을 잃어버리는 것은 아니지만, 회복하는 데 들어가는 시간이 문제다. 특히 지금처럼 사체가 제 형태를 제대로 알아볼 수도 없게 뭉개지고, 모든 권능을 최대한으로 활용하다 으깨져 버린 경우에는 더욱 더 그렇다.

푸르카스는 이번 일에 자신의 권능 3개를 꽤 긴 시간 동안 봉인할 마음으로 일을 벌인 것이 분명했다.

"저 병기에 상응하는 가치를 지닌 무언가를 줄 만한 마왕은 많지 않을 텐데……."

이번에는 푸르카스가 입을 다물었다.

"갑자기 묵비권을 행사하시겠다는 겁니까?"

"무슨 말을 하는지 모르겠군."

곧 단탈리안은 푸르카스의 조개처럼 꾹 다문 입이 열리지 않을 거라는 사실을 깨달았다.

푸르카스가 단탈리안을 의심하지만, 단탈리안이 태양에게 직접적으로 무언가 했다는 사실은 심증뿐.

물증이 없었다.

이는 즉 공론화하더라도 의미가 없을 가능성이 크다는 뜻이다.

푸르카스 역시 마찬가지였다.

단탈리안의 재산에 손괴를 입히기 위해 다른 마왕과 공조해 일을 벌였다는 사실을 입으로 시인하면 그것이 곧 증거가 되어 버린다.

겁먹은 거북이와 같은 태세를 취하고 있는 푸르카스.

심문을 포기한 단탈리안이 고개를 내저었다.

"권능의 거래는 어쩌실 겁니까?"

푸르카스가 움찔거린다.

아무리 저렇게 움츠리고 있어도, 반응할 수밖에 없는 주제다.

동시에 푸르카스가 그의 실패를 실컷 음미할 수밖에 없는 주제이기도 했다.

차원에서 채굴된 권능은 무조건 해당 차원 채굴을 맡은 마왕에게 우선권이 주어진다. 하지만 우선권이 주어진다는 것이 꼭 무조건 그 권능을 가져갈 수 있다는 이야기가 아니다.

"아시겠지만, 그냥 가져가실 순 없을 겁니다. 차원의 반작용이 만만찮은 차원이니까요."

차원의 반작용.

단탈리안이 지구에서 힘을 사용하고 얻은 부상과 같은 것을 지칭한다.

초월자가 초대받지 못한 차원에서 힘을 휘두르는 것에 대해서 '차원의 반작용'이 일어난다.

이는 권능을 채굴할 때 역시 마찬가지였다.

심지어 권능의 채굴에 관한 차원의 반작용은 힘을 휘두르는 것과 비교할 수 없을 정도로 그 차이가 컸다.

권능은 어떤 형태로든 그 주인이 있다.

에너지의 형태로 땅에 매장되어 있는 특이한 경우를 제외하면 마왕은 권능의 주인과 거래를 해야 했다.

물론 그 거래 자체가 그렇게 어려운 건 아니었다.

마왕이 아닌 이상 권능의 주인은 대부분 필멸자다.

권능의 가치를 모른다는 이야기다.

실제로 다이아몬드를 같은 무게의 아몬드와 바꾸는 식의 거래가 아무렇지도 않게 일어났다.

물론 몇몇 권능의 가치를 알아보는 이도 있지만, 차원마다 그런 이는 극소수.

주변 지성체를 공략하면 되는 일이라 초월자의 손을 타지 않은 차원에서 마왕이 권능을 채굴하는 데 어려움을 겪는 일은 거의 없었다.

실제로 푸르카스가 주로 공을 들인 부분 역시, '언데드 솔져'라는 기술 권능을 세상에 나타나게 만드는 것이었고.

하지만 지금, 그 권능의 주인은 태양 일행이 되어 버렸다.

태양 일행은 이미 단탈리안에게 권능의 진실을 모두 들어버렸고, 당연히 거래는 호락호락하지 않으리라.

"네놈……."

푸르카스의 인상이 찌푸려졌다.

이런 상황 때문에 마왕이 그들의 비밀을 유출하는 것을 극도로 꺼리는 것이다.

상황이 어떻든지, 마왕은 차원에서 힘을 사용하는 만큼 손해를 입어야 하고, 만약 권능에 관한 정보를 무지한 불멸자들이 알게 된다면 마왕이 힘을 불리는 일은 그만큼 더 어려워지니까.

"두고 보지."

"두고 보시다니요. 전 여기서 한 발자국도 안 움직일 겁니다. 당신이 플레이어 윤태양과 거래를 할 때까지 말입니다."

단탈리안이 씨익 웃었다.

"……대놓고 필멸자와의 계약에 훼방을 놓는 건, 다른 마왕들이 가만히 있지 않을 거야."

"물론 알고 있습니다. 저는 오로지 당신의 부정을 감시할 뿐."

여유있는 단탈리안의 표정.

그것은 당연히 사전에 모든 준비를 끝마쳤기에 나오는 종류의 것이었다.

으드득.

이를 간 푸르카스가 '딱–' 하고 손가락을 튕겼다.

동시에 태양 일행이 소환됐다.

태양, 란, 살로몬과 메시아.

푸르카스가 허리를 곧추세웠다.

그리고 막 전투를 마친 네 명의 플레이어에게 일렀다.

"본론으로 바로 들어가지."

⁂

요새를 무너뜨리고, 푸르카스가 차원에 보낸 멸망 병기 해룡을 죽였다.

"……괜찮겠지?"

–괜찮을 거야.

일을 저지르고 보니 걱정이 앞섰다.

최초 스테이지에 진입했을 때 시스템 창이 내린 명령은 '역병의 근원을 퇴치하고, 최후의 요새를 수복하라.'였다.

역병의 근원을 슈퍼컴퓨터로 보든, 해룡을 보든 간에 그것은 성공했다.

하지만 두 번째 조건. 최후의 요새를 수복하라.

뒤늦게 생각해 보니 이 조건이 걸렸다.

요새를 파괴하다 못해 폭삭 무너트려 버린 이 시점에 최후의 요새를 처음부터 재건해야 한다면?

최후의 기술력이라 일컬어지던 10세대 슈퍼컴퓨터도 없어진 이 시점에?

적어도 년 단위의 시간이 들어갈 게 분명했다.

"푸르카스가 이 점을 물고 늘어지면……."

다행히도 그런 일은 일어나지 않았다.

멍한 얼굴로 요새 잔해를 보는 원주민들 사이에서 고민하던 태양 일행은 곧 푸르카스에게 소환됐다.

[10-1 역병 퇴치: 역병의 근원을 퇴치하고 최후의 요새를 수복하라.
- Pass]

[획득 업적 : 진짜 용사, 식량 창고 탈환, 역병 사냥, 쉘터 수호, 에너지 무기 공학 섹션 탈환, 사랑의 증거, 생체 무기 공학 섹션 탈환, 멸망 추적, 구원과 파괴, 역병의 근원 퇴치, 멸망 사냥, 역병 퇴치 클리어]

갑작스러운 공간이동과 함께 나타난 시스템 창.

그리고 근엄한 얼굴로 태양 일행을 바라보는 푸르카스.

푸르카스는 갈라진 노인의 목소리로 중얼거렸다.

"본론으로 바로 들어가지."

말과 함께 푸르카스의 오른쪽에 기하학적인 문양을 한 마법진이 생겨났다.

푸르카스는 무심하게 마법진 안으로 팔을 집어넣었다.

촤르르르륵.

푸르카스가 꺼낸 것은 황금 사슬이었다.

육안으로 식별될 정도로 마나를 머금은 사슬.

고리에는 알 수 없는 문자가 빼곡하게 적혀 있었다.

마치 의지라도 가진 것처럼 사슬은 스스로 꿈틀거리며 푸르카스의 팔을 타고 오르려 했다.

"하늘 쇠사슬 요새의 왕, 장선의 무기다. 너희 플레이어들의 말로는 아티팩트였던 물건인데, 역사와 주인의 격이 깃들면서 이례적으로 무기 그 자체가 '권능'이 된 케이스지."

권능이 될 수 있는 매질은 많다.

당장 태양이 클리어한 역병 퇴치 스테이지에서 나타난 매질만 해도 2개다.

플라즈마와 언데드 솔져.

그리고 태양이 사냥한 해룡에게도 플라즈마를 비롯해 아귀(餓鬼)와 경화(硬化)라는 이름의 권능이 더 있었다.

이 중에서 당장 플레이어에게 쥐어 줬을 때 즉시 사용할 수 있는 권능은 몇 개나 될까.

푸르카스는 장담했다.

경화.

몸이 단단해지는 권능.

단 1개.

일반적인 플레이어들이 사용할 수 있는 권능은 이 정도였다.

'그것도 그나마 제대로 활용할지는 미지수지.'

괜히 아무것도 모르는 차원의 원주민들이 권능의 가능성이 있는 기술의 값어치를 알아보지 못하고 마왕에게 헐값에 넘기는 것이 아니다.

권능이란 그만큼 필멸자들이 사용하기 어렵다.

당장 태양이 발락에게서 인계받은 권능, 신룡화(神龍化)가 바로 그 예다.

태양이 만약 만찬장 스테이지에서 반인반룡(半人半龍) 업적을 달성하지 못했다면 태양은 기껏 레전드 등급 스킬 카드를 얻어 놓고도 스킬을 사용하지 못할 뻔했다.

발락의 신체 일부가 소환되는 것을 태양의 신체가 감당할 수 없기 때문이다. 물론 이런 사례는 직관적인 경우고, 언데드 솔져와 같이 기술로서 권능으로 승화하는 경우는 완벽에 가까운 이해가 필요했다.

만약 누군가 태양에게 레전드 등급 카드랍시고 언데드 솔져를 권능화해서 주더라도, 태양이 언데드 솔져의 전반 기술을 이해하지 못하면 사용할 수 없는 것이다.

이는 관련 기술에 관한 이해가 전혀 없어도 카드만 있다면 사용할 수 있던 스킬 카드와는 전혀 다른 현상이다.

이런 현상이 일어나는 이유.

권능 역시 초월자의 격에 속하는 수준의 물건이었기 때문이다.

"하지만 이렇게 무기를 권능화한 경우는 다르다."

원숭이에게 수학을 가르치려 시도해 봤자 원숭이의 지능에 관해 통감할 뿐, 원숭이는 사람 수준으로 수학적 사고를 할 수 없다.

하지만 날카로운 식칼은 원숭이에게 들려주든, 사람에게 들려주든 똑같이 위협적인 무기로서 기능한다.

뒤에서 푸르카스가 내민 무기를 본 단탈리안이 고개를 끄덕였다.

무기이자 권능.

푸르카스가 저것을 카드화해서 주면 사슬의 모습을 한 레전드 등급 장비 카드가 되리라.

플레이어에게는 이보다 실용성 있는 권능을 찾기 어렵다.

모든 권능이 같은 가치를 가진다고 보기는 어렵지만 대략 하나와 하나를 교환한다면 태양의 입장에선 명백히 남는 장사다.

하지만.

"거절한다."

태양은 푸르카스의 제안을 거절했다.

단탈리안과 태양은 푸르카스의 충에 들어가기 전부터 이 상황을 예견했다.

이왕 일을 했으면 최대한의 수익을 보기 위해 노력하는 건 당연한 일이다.

인심 좋은 동네 벼룩시장에서도 가격 가지고 하는 실랑이는 심심치 않게 일어난다. 용산에서 컴퓨터를 살 때도 처음 제시하는 가격 그대로 사면 호구 소리를 듣는다.

권능이라는, 스케일이 전혀 다른 물건을 거래할 때에도 상황은 같았다.

"푸르카스, 얘기 많이 들었어. 다른 마왕들이 포기한 차원에 가서 마지막 남은 권능 하나까지 쭉쭉 뽑아먹는 데 천부적인 재능이 있다고 하더라고?"

푸르카스가 서슬 퍼런 눈으로 태양을 바라봤지만, 태양은 개의치 않고 말을 이었다.

"그중에서 고른, 나에게 가장 필요할 법한 권능이 이거야?"

푸르카스의 미간에 수십 개의 주름이 새겨진다.

"뭘 원하는 거냐."

"그건 네가 더 잘 알겠지."

자신만만한 미소.

말하자면, 태양은 관련 사업자에게 뒷이야기를 모조리 듣고 휴대폰을 사러 온 소비자와 같았다.

이런 소비자의 특징은 두 가지 정도 된다.

사업자의 기만에 속지 않고, 목표가 뚜렷하다.

그리고 태양의 목표는 푸르카스로서도 짐작할만 했다.

"네 시그니처를 원한다는 이야기냐."

"발락한테도 그렇게 받았는데. 당연한 거 아니야?"

용왕 발락의 시그니처. 신룡화.

용이 가지는 가장 강력한 특성은 두 가지다.

그 어떤 종족보다 우월한 신체.

그리고 드래곤 하트에서 끊임없이 퍼 올리는 미증유의 마나.

신룡화는 이 중 발락의 육체에서 파생되어 나온 권능이었다.

그렇다면 푸르카스의 시그니처는 무엇이냐.

푸르카스의 외형은 세 가지로 정의할 수 있다.

노인.

로브.

그리고 낫.

그 모습에서 연상할 수 있는 단어.

사신.

그리고 푸르카스의 칭호는 '죽음'이다.

푸르카스는 필멸자로 태어나 명계(冥界)에서 인간의 영혼을 수확하여 도를 쌓으며 탈각에 이르러 초월자가 되었다.

그 과정에서 푸르카스가 깨달은 권능.

푸르카스의 시그니처 권능.

살법(殺法).

어떤 존재에게든 상관없이 죽음을 내리는 기술.

태양은 그것을 원한다고 이야기했다.

❈

태양 일행이 다음 스테이지로 향하고, 단탈리안이 의외라는 표정으로 푸르카스를 바라봤다.

"정말로 살법을 넘기실 줄은 몰랐습니다."

"그랬겠지."

푸르카스가 단탈리안을 돌아봤다.

"의도가 뻔했다. 살법(殺法)을 달라고 한 이유는 내게 거절당하기 위함이겠지."

푸르카스가 권능 지급을 거절하면, 태양은 단탈리안에게 언데드 솔져 기술을 가져갈 게 뻔했다.

그렇게 된다면 단탈리안은 새로운 권능을 얻을 수 있고, 태양은 단탈리안이 만든 언데드 솔져 권능을 취할 수 있다.

물론 태양에게 언데드 솔져 권능을 후원해 버리면 태양이 살아 있는 동안은 단탈리안도 그 권능을 사용할 수 없다.

하지만 필멸자와 초월자의 수명은 그 단위부터가 다르다.

태양이 죽고 나면 결국 지금 벌인 이 모든 일은 단탈리안의 이득이 되어 버리는 것이다.

"이런. 제가 한 푼 이득을 가져가는 게 보기 싫어서 그렇게 큰 결정을 하신 겁니까?"

푸르카스가 메마르게 웃었다.

"그렇게 큰 손해는 아니니까."

시그니처 권능은 일반 권능과 다르다.

태양이 발락의 신룡화를 얻었다고 해서 발락이 제 신체를 사용할 수 없게 되는 것이 아니듯, 푸르카스의 살법 역시 마찬가지였다.

즉, 푸르카스는 단탈리안의 말을 강화하는 대신, 언데드 솔져라는 확실한 이득을 챙겨 갔다.

단탈리안이 어깨를 으쓱였다.

"이리저리 머리를 굴렸는데, 결국 이득은 플레이어 윤태양만 챙기는 그림이군요."

"네 말이잖나."

"말만 잔뜩 키워 놓고 정작 제 주머니에 들어오는 게 없으면, 그게 손해잖습니까."

마치 의도가 실패했다는 듯 입술을 삐죽인 단탈리안은 말없이 사라졌다.

이상한 일은 아니었다.

단탈리안과 푸르카스는 서로 예의를 차릴 만큼 격식 있는 사이가 아니었으니까.

푸르카스가 단탈리안이 사라진 자리를 한참이나 보고 있다가
홀로 읊조렸다.

"그것이 이득일지는 두고 봐야 할 일이지."

～❦～

[스테이터스: 업적(300) – 솔로 플레이어, 퍼펙트 클리어(No Hit)……]

[보유 금화 : 574]

[카드 슬롯]

1. 용사의 망토(U): 맷집 +2, 신성 +1, 영웅 +1

2. 수도승의 허리띠(R): 민첩 +1, 근력 +1, 신성 +1

3. PUNMFV(Physical Upgrade Nano Machine For Vampire)–3000(U):
근력 +1, 맷집 +1, 민첩 +1, 흡혈 +1

4. 피 칠갑 팔찌(R): 무투가 +1, 민첩 +1, 지력 +1

5. 광전사의 돌진(R): 근력 +1, 민첩 +1, 버서커 +1

6. 살법(殺法)(L): 지력 +3, 재생 +2, 사신 +1

7. 신룡화(神龍化)(L): 근력 +2, 맷집 +1, 버서커 +1, 영웅 +1

8. 성 베르단디의 기도문(R): 신성 +3

[스킬 – 용사의 의지: 포기하지 않는 한 의식을 잃지 않는다.]

[스킬 – 머신 활성화: 마나를 소모하여 근력, 맷집, 민첩 중 하나의
시너지를 선택해 시너지의 등급을 한 단계 높인다.(단, 6파츠 미만의 시
너지에만 해당한다.)]

[스킬 – 베르단디의 기도: 플레이어의 공격에 멸악(滅惡) 속성을 부여한다.]

[스킬 – 돌진: 적을 향해 이동할 시 행동 가속 보정. 적이 등을 보였을 시 행동 가속 2배 보정.]

[스킬 – 살(殺): 육체를 떠난 영혼을 죽인다.]

[스킬 – 신룡화(神龍化): 발락의 신체 여섯 가지 중 하나를 선택하여 소환한다.]

[시너지]

근력(2/4/6) – 힘 보정/힘 추가 보정/공격 시 잃은 체력 비례 추가 데미지 보정

맷집(2/4) – 체력, 물리 방어력 보정/체력, 물리 방어력 보정

민첩(2/4/6) – 민첩 보정/민첩 추가 보정/기척 차단 보정

신성(2/4/6) – 모든 공격에 20% 추가 피해/모든 공격에 20% 추가 피해/모든 공격에 40% 추가 피해, 대천사 강림

영웅(3) – 적 스탯 총합이 플레이어의 스탯 총합보다 높을 때 플레이어는 모든 스탯 50% 증가

재생(2) – 체력, 마력 재생 보정

지력(2/4) – 마법 공격력 보정/마법 공격력 추가 보정

흡혈(2) – 준 피해에 비례해 체력 회복

[특전]

드래곤 하트(Dragon Heart)(강화)

종의 기원 살해(흡혈귀) – 흡혈 +1

환골탈태(換骨奪胎)

반인반룡(半人半龍) – 근력 +1, 민첩 +1, 지력 +1, 신체 용화(龍化)

스톰브링어(Storm Bringer) – 검사 +1, 민첩 +2, 영웅 +1

폭풍의 정령 군주 아라실(계약)

태양이 바뀐 텍스트를 보며 눈을 번뜩였다.

살법(殺法)(L): 지력 +3, 재생 +2, 사신 +1

스킬 – 살(殺): 육체를 떠난 영혼을 죽인다.

푸르카스가 내준 권능.

레전드 등급 카드, 살법.

지력 시너지가 3이나 달려 있던 덕분에 지력 시너지를 맞춰
주던 역근경 목걸이(R, 무투가 +1, 지력 +2)와 곧바로 바꿔 끼웠다.

무투가 시너지야 원래부터 아쉽게 못 채우고 있던 것이었으
니 손실은 없었다.

가장 먼저 눈에 들어온 것은 재생 시너지였다.

–재생. 처음 들어 보는 시너지야.

희귀하지만 아주 없는 경우는 아니었다.

종종 높은 등급의 카드에서 일반적이지 않은 시너지가 나오
곤 했다.

그리고 그 시너지는 대부분 효과가 실용적이었다.

가장 커다란 예가 영웅 시너지.

워낙에 희귀한 탓에 시너지를 이루는 세 파츠가 처음으로 모이는 사례가 40층이 넘어서야 처음으로 발견되었다.

그리고 그 가치는 모두가 인정할 정도였다.

–재생 시너지도 그 정도일까?

"어쩌면."

체력과 마력을 재생.

정확한 수치가 나와 있지 않아서 전투 중에 얼마나 큰 효과를 볼 수 있는지는 아직 알 수 없었다.

하지만 어느 정도는 체감이 됐다.

"드래곤 하트에서 뿜어져 나오는 마나량이 달라졌어."

마나 재생이 늘어난다는 이야기는 곧 드래곤 하트의 기능이 강화된다는 이야기였다.

"이건 일단 이쯤 하고."

태양의 시선이 다음 텍스트에 꽂혔다.

　　스킬 – 살(殺): 육체를 떠난 영혼을 죽인다.

"이걸 정말로 얻을 줄이야."

하늘 쇠사슬 군도의 왕 (1)

태양이 레전드 등급 카드 살법(殺法)에 담긴 내장 스킬 살(殺)을 보며 중얼거렸다.

"이걸 정말로 얻을 줄이야."

태양은 단탈리안과의 대화를 떠올렸다.

"당신이 스테이지에서 권능을 채굴하는 데 성공하면, 푸르카스는 아마 당신에게 다른 권능을 주면서 교환하자고 할 겁니다. 그리고 그 교환물은 플레이어들이 사용하기 아주 적합한 형태겠죠."

"그렇겠지."

"단적으로 이야기하자면, 푸르카스는 꽤 구미가 당기는 제안을 할 거라는 겁니다."

플레이어를 강화하는 일만 헤아릴 수 없는 시일 동안 해 온 존재들이 바로 마왕이다.

물론 산술적으로 정확히 며칠 몇 시간이라고 정의할 수는 없지만 일에 적성이나 흥미와 별개로 숙련도가 늘어날 수밖에 없는 시간이라는 것은 분명했다.

"그 제안을 받으려고 우리가 지금 이러고 있는 거 아니었어?"

"아니요."

단탈리안은 단호하게 말을 끊었다.

"우리가 얻어야 할 권능은 정해져 있습니다. 살법. 푸르카스가 무슨 권능을 제시하든, 어떤 조건을 제시하든 모두 거절하고 무조건 살법을 얻어야 합니다."

"살법?"

반투명한 단탈리안이 고개를 끄덕였다.

"저는 당신에게 신성을 드렸습니다. 당신은 조건만 맞는다면 마왕에게 타격을 입힐 수 있게 됐죠. 정말 운이 좋다면 숨통도 끊어 놓을 수 있고요."

"그렇지."

"살법은 그 연장선입니다."

마왕은 이기적인 족속이다.

다른 마왕이 담당한 차원에서 권능을 뽑아 간다는 의미는 곧, 해당 마왕의 적의를 받는다는 이야기이기도 했다.

단탈리안만큼은 아니지만, 여러모로 비호감인 푸르카스에게 대놓고 적의를 보이는 마왕이 적은 것도 그의 권능 덕분이었다.

"살법이 뭐길래?"

"살법은…… 간단하게 설명하자면, 필멸자가 마왕을 죽일 수 있는 가장 쉬운 길입니다."

살법.

간단히 풀이하자면 죽이는 방법이다.

더 고차원적으로 파고들자면, 육신과 영혼을 분리하는 가장 효율적인 기술이기도 했다.

물론 태양이 살법을 이해하지 못한 만큼 당장 사용할 수 있는 권능으로서 기능하지는 못하겠지만, 단탈리안이 그린 그림이 제대로 이행되려면 태양이 이 기술을 꼭 얻어 놓아야 했다.

신성은 플레이어보다 마왕들에게 더 가치 있는 오브젝트다.

36층부터는 온갖 마왕들의 술수가 태양을 위협하리라는 사실은 예측하기 어렵지 않았다.

"말하자면 과시용이죠. 물론 36층이 되기 전까지 살법을 자유자재로 사용할 수 있으면 좋겠지만, 일단 소유하는 것부터 시작입니다."

아무리 어린아이라도 권총을 겨누는 데 함부로 대할 수는 없는 법이다.

아이가 권총의 사용법을 알고 정말로 있는지, 반동을 제대로 잡을 수 있는지를 모르더라도 위협이 된다.

"하지만, 푸르카스가 거래에 응할까? 굳이 격을 나누자면 차원에서 채굴한 권능보다는 시그니처 권능이 더 높다고 할 수 있는 거 아니야? 네 말을 들어 보면…… 살법이라는 권능은 그중에서 특별하고."

"그건 맞죠. 하지만 푸르카스는 거래에 응할 겁니다."

"푸르카스는 손익 계산에 민감하다면서."

"네. 그래서 더더욱 할 겁니다."

단탈리안은 히죽 웃으며 장담했었다.

당시 태양은 단탈리안을 이해하지 못했지만, 현실은 정말 단탈리안의 예상대로 되었다.

푸르카스는 단탈리안에게 일말의 이득을 주지 않기 위해, 그리고 단탈리안의 예상을 벗어나기 위해 태양에게 오히려 권능을 줘 버렸다.

–예상의 예상 ㄷㄷ.

–ㄹㅇ 승부사네.

–무섭긴 하네.

–단탈리안이 지구 이 꼴로 만들었다는 생각하면 진짜 정은 안 가는데…… 대단하긴 하네.

태양이 꾸욱 손을 쥐었다.

단탈리안의 유능.

좋은 것일까.

차원 미궁의 꼭대기로 올라갈 준비는 차근차근 되고 있다.

하지만, 단탈리안이 그걸 바라지 않는다면?

단탈리안이 원하는 것은 난장판이다.

차원 미궁을 오르는 일은 온전히 태양이 원하는 일이다.

혹은 별림을 찾는 일.

단탈리안이 이런 일에까지 관심을 가질 거라고 생각하는 건 어리석은 일이다. 지금은 그렇지 않지만, 언젠가 태양과 단탈리안이 원하는 지향점이 달라질 게 분명했다.

그때를 대비해야 했다.

같은 마왕조차도 우습게 속여 넘기는 단탈리안을.

***

다음 층으로 향한 태양 일행을 맞이한 것은 거대한 쇠사슬이 연결된 부유 섬 군도였다.

"와……."

란의 입에서 감탄사가 터져 나왔다.

그동안 차원 미궁을 올라오며 어지간히 놀라운 광경은 대부분 봤다고 생각했는데, 이런 광경은 또 처음이었다.

군도.

무리를 이루고 있는 크고 작은 섬들.

허공에 떠 있는 거대한 땅덩어리들이 쇠사슬에 연결되어 커다란 집단을 만들고 있는 광경은 퍽 경이로웠다.

"너희 자리는 가장 위. 저 꼭대기다."

어느새 나타난 푸르카스가 중얼거렸다.

동시에 네 플레이어의 앞에 증강 현실이 나타났다.

[10-2 하늘 쇠사슬 군도의 왕: 마왕의 옥좌에 앉아 세계를 탈환하려는 용사를 죽여라.]

"하늘 쇠사슬 요새?"

"그래."

푸르카스가 고개를 주억거렸다.

"내가 네놈에게 주려 했던 황금 사슬의 출처 차원이다."

태양이 푸르카스를 바라봤다.

"또 차원 침략 과정을 스테이지로 만든 차원인가?"

"그래."

─이상한데.

침략 차원에 다시 한번 태양 일행을 보냈다?

언뜻 보면 이해가 되지 않는 일이다.

태양은 이미 푸르카스의 목표가 뭔지 알고 있고, 차원 침략의 매커니즘도 알고 있다.

심지어 그걸 이용해서 피해까지 입혔다.

─그렇게 당하고도 또?

신권의
원코인
클리어

이걸 반복한다고?

현혜의 의문은 이어지는 푸르카스의 말에서 풀렸다.

"이번에는 같잖은 수작이 의미가 없을 거다. 이미 채굴이 끝난 차원이니까."

채굴이 끝났다.

푸르카스가 딱히 얻어 갈 것이 없다는 이야기다.

"……그런 차원을 왜?"

"네가 네놈에게 대답해 줄 거라고 생각하는 거냐?"

"하긴. 그건 그렇지."

태양이 어깨를 으쓱였다.

푸르카스가 그런 태양을 바라봤다.

29층에서 가장 어려운 스테이지.

푸르카스가 내어 줄 수 있는 가장 난이도 높은 스테이지가 바로 이곳, 하늘 쇠사슬 군도의 왕 스테이지였다.

거듭된 채굴은 곧 마왕의 침공이 반복되었다는 뜻이다.

군도의 원주민들은 아주 오랜 시간 마왕과 싸워 오면서 권능이 되지 못한 수많은 전투 기술을 개발하고, 스스로 진화하며, 강함을 쟁취해 살아남았다.

즉, 고였다.

어지간한 플레이어들은 건드리지도 못할 만큼.

'이번 스테이지에서 죽어 준다면 좋겠지만, 그렇지 않아도 상관없다.'

푸르카스가 남몰래 입매를 비틀었다.

"윤태양, 이곳에서는 네가 마왕이다."

"마왕?"

"군도의 가장 위에 있는 섬, 금도(金島)는 본래 이 차원의 왕이 사는 섬이었지만, 내가 차원을 침략한 이후 내 별장이 되었다."

원주민들 입장에서는 마왕 성, 아니 마왕 섬이라는 이야기다.

"이 차원의 용사들은 금도에서 마왕의 흔적을 몰아내기 위해 끝없이 도전한다. 보통은 자기들끼리 내분을 일으키던가, 올라오다가 죽는 게 보통인데 이번 기수 녀석들은 다르더군."

언제나 그런 세대가 있다.

유독 강하고, 재능이 넘치는 세대.

하늘 쇠사슬 군도는 바로 지금이 그런 세대였다.

"용사는 넷이다. 마침 너희와 숫자도 같군."

푸르카스가 비죽 웃었다.

일평생 마왕의 하수인과 싸우며 힘을 길러온 용사들.

마왕의 육성을 받으며 힘을 길러온 플레이어들.

"나쁘지 않은 캐치 프라이즈야."

＊＊＊

하늘 쇠사슬 군도의 왕 스테이지는 애초에 볼륨이 크지 않았다. 푸르카스는 애초에 해당 차원에서 발을 뺄 생각이었기 때문이다.

원주민 용사들은 푸르카스가 보강하지 않은 마왕 섬, 금도 주변을 이미 정복한 채 마지막 목표를 향해 쳐 들어온 시점에 푸르카스가 태양 일행을 스테이지에 소환했다고 보면 편했다.

말하자면, 애초에 이 스테이지는 용사 넷과 태양 일행 넷의 4 대 4 매치를 보기 위해 만들어진 스테이지였다.

태양 일행이 금도에 진입하고 5분이나 지났을까.

후웅.

마왕 섬, 금도에 커다란 그림자가 졌다.

섬 부수기.

척 봐도 금도와 비슷한 수준의 돌덩어리, 유성이 떨어졌다.

이산(移山)의 술(術).

섬 전체를 위협하는 흉악한 의도의 마법.

반사적으로 란이 부채를 휘둘러 유성의 궤도를 틀었다.

"어디 잔재주를!"

황금색 풀플레이트 아머를 입은 기사는 외형에 답지 않게 민첩한 몸놀림으로 허공에 검을 휘둘러 댔다.

신비 절단.

태양이 기사에게 뛰어들었다.

콰아아앙!

이내 두 명의 용사가 추가로 등장하고, 살로몬, 메시아가 순차적으로 붙었다.

연기와 불꽃이 대립하고,

광명과 안개가 부딪쳤다.

단탈리안이 스테이지를 관람하는 푸르카스에게 이죽거렸다.

"이런, 같은 실수를 반복하는 건가요?"

"단탈리안, 마치 윤태양의 보모라도 된 것 같군."

"하하. 당신이 입은 손해가 있다 보니 걱정이 돼서 말이죠."

단탈리안이 빙긋 웃었다.

"플레이어 윤태양과 계약한 입장으로써 제 권리에 대해 신경 쓰는 겁니다. 당신이 공과 사를 구분하지 못할 가능성을 배제할 수가 없지 않습니까."

웃는 낯으로 아무렇지 않게 모욕을 해대는 단탈리안.

푸르카스는 무응답으로 대답을 대신했다.

"그리고, 채굴이 끝난 차원이라고 말해 봤자, 플레이어 윤태양은 속지 않을 겁니다."

태양은 이미 플라즈마, 언데드 솔져라는 2개의 권능을 직접 알아보는 경험을 가졌다.

콰칭!

황금빛 풀플레이트 메일을 입은 기사, 쿨린이 검을 휘둘렀다.

태양은 손등을 휘둘러 목을 그어 오는 검면을 때리려 했으나, 쿨린은 그 와중에 궤도를 튼다.

태양 역시 마주 궤도를 틀었지만, 날에 손을 찍히는 것을 피할 수 없었다.

놀랍게도 태양이 차원 미궁에 들어와서 처음으로 손등치기를 실패했다.

쿨린이 히죽 웃었다.

"어딜 원숭이같이 팔다리로 싸우는 녀석이 문명 병기에 대항해?"

"하, 검이 문명 병기라고?"

"원숭이는 모르겠지!"

검로(劍路), 스텝.

효율적이고, 제 의도를 흘리지 않는다.

하늘 쇠사슬 군도 역대 최강의 용사 쿨린은 기술적인 측면에서는 감히 마왕과 자웅을 겨뤘던 태양에게 한 치도 밀리지 않았다.

백팔번뇌(百八煩惱)—살의(殺意).

용사의 검이 칼집에 들어갔다가 음속을 가볍게 초월하며 빠져나왔다.

붉은 실선이 그어지고, 검격은 스스로 의지를 가지고 태양의 목숨을 노렸다.

백팔번뇌(百八煩惱).

하늘 쇠사슬 군도의 생명체들은 선조가 남긴.

그리고 마왕에게 넘긴 권능의 흔적을 그러모아 하늘 쇠사슬 군도 역대 최강의 천재가 재정립한 기술.

다른 말로 하자면, 권능의 격에 다다를 만한 기술이었다.

아직은 부족하지만.

콰드드득.

공간 전체를 굴절시키며 태양의 몸체로 치닫는 검격.

태양이 새빨간 피를 흩뿌리며 아슬아슬하게 공격을 흩어 냈다.

"호오. 확실히. 100년에서 200년 정도 묵히면 채굴할 만하겠는데요?"

단탈리안이 평가하기에 불세출의 천재, 쿨린에 대에서 재정립된 기술은 전수만 된다면 시간의 연마를 통해 권능의 격에 오를 수 있을 것 같았다.

심지어 권능의 격에 오를 만한 기술이 1개가 아니었다.

용사 일행에서 치유사의 역할을 맡은 사제는 무려 '부활'의 권능을 엿보는 수준에 고차원적인 신성 마법을 구사했다.

"아니, 이건 이미 권능이군요. 기록을 보아 하니, 심지어 한 번 성공했어."

실시간으로 기록을 뒤져 보는 단탈리안.

푸르카스는 여전히 아무 말 없이 스테이지를 지켜만 볼 뿐이었다.

이윽고 단탈리안의 입이 다물렸다.

'권능 2개를 통으로 날린다라.'

강하지만, 직전 스테이지에서 키메라만 못하다.

태양 일행은 이들조차 이겨 내고, 푸르카스의 차원 침략 사업을 치명적으로 방해할 게 분명했다.

푸르카스는 지금 의도적으로 지는 게임을 하고 있었다.

다른 말로 하자면, 윤태양과 단탈리안에게 피해를 입은 사례를 만들고 있었다.

'마계 재판.'

거기까지 생각이 닿은 단탈리안이 피식 웃었다.

"푸르카스, 이렇게까지 하는 겁니까. 쉬운 결정이 아니었을 텐데."

"나야 뭐, 밑질 것이 없으니까. 구멍 난 손해는 매워 주기로 했거든."

"그러시겠죠."

단탈리안이 어깨를 으쓱이고, 그의 등 뒤에서 초록빛의 정장을 입은 남자가 등장했다.

남자가 중절모를 벗어 들었다.

"바르바토스."

"오랜만이군. 단탈리안."

다음 권으로 이어집니다

꿈의 도약, 로크에서 하십시오
(주)로크미디어에서 신인 작가를 모십니다

즐거운 세상, 로크미디어는 꿈을 사랑하고 도전을 두려워하지 않는 작가 분들의 참신한 작품을 기다리고 있습니다. 21세기 장르 문학계를 이끌어 갈 차세대 선두 주자 (주)로크미디어에서 여러분의 나래를 활짝 펴 보시길 바랍니다.

모집 분야 판타지와 무협을 포함한 장르 문학
모집 대상 아마추어 작가, 인터넷 작가
모집 기한 수시 모집
작품 접수 시 유의 사항

1. 파일명은 작가명_작품명.hwp형식을 갖춰 주십시오.
1. 파일에 들어갈 내용은 다음과 같습니다.
    – 성명(필명인 경우 실명을 밝혀 주세요), 연락처, 이메일 주소
    – 제목, 기획 의도
    – A4용지 1장 분량의 등장인물 소개
    – A4용지 2장 분량의 전체 줄거리
    – 본문
1. 작품이 인터넷에 연재되고 있다면, 게시판명과 사이트의 구체적이고 정확한 주소를 기재해 주십시오.

선택된 작품은 정식 계약 후 출판물로 간행되어 전국 서점에 유통됩니다.
작가 분은 (주)로크미디어의 전폭적인 지원하에 전속 작가로 활동하시게 됩니다.
※ 자세한 내용은 로크미디어 홈페이지(rokmedia.com)를 참조하세요.

(04167)서울시 마포구 마포대로 45 일진빌딩 6층
(주)로크미디어 편집부 신간 기획 담당자 앞
전화 : 02) 3273–5135
www.rokmedia.com   이메일 : rokmedia@empas.com